着物憑き

加門七海

集英社

着物憑き

目次

帯留

少し前から、まめに着物を着るようになった。

服飾に心を向けるのは、一般的にはお洒落と呼ばれる人たちだ。しかし、正直なところ、私は自分をお洒落だと思ったことはない。

人前に出るときは気を遣うけど、それは相手や場所柄に対する礼儀であったり、この年で特撮キャラのTシャツはいくらなんでもなあ、という、世間の目を気にしてのものだ。

いや、特撮キャラやTシャツが悪いというわけではない。

服、あるいは愛するキャラクターに強いこだわりを持つ人ならば、どんな場所でも己のファッションを貫くだろう。そういう人たちの服装はいっそ清々しいものがある。

しかし、それほどのこだわりを持たない私は、無難が一番。もし、その服が褒められたなら、人並みに嬉しい程度のものだ。

そんな私が着物という厄介な民族衣装に手を出すことになったのは、取り憑かれたからに他ならない。

夢中になる、との比喩ではない。

話は怪談なのである。

服飾にこだわりはないと記したが、和服そのものは、随分前から好きだった。好きどころか、なぜか着物だけは幼い頃から執着していた。

そう言い切れるのは、幼年時に着た着物の記憶が、切れ切れながらも鮮明に残っているからだ。

お祭りのときに着た浴衣、その三尺帯の色合い、肌触り。お正月に着せてもらったウールのアンサンブルの柄。七つのお祝いの振袖に袖を通したときに感じた、絹の重さと衣擦れの音。

洋服に関する思い出は皆無に等しいにもかかわらず、着物は細かいところまで不思議なほどに記憶している。

七歳の七五三のとき、私は親戚への挨拶回りに連れていかれた。我が家は親戚が多かったので、それはほぼ一日がかりとなった。

慣れない着物は辛かろうと、母は着替えを持ち歩き、折々に「辛かったら脱いでもいいんだよ」と声をかけてくれた。だが、私は頑固に首を振り、終日振袖を着続けた。

きつくなかったわけではない。事実、翌日は一日ぐったりしていた。それでも、絶対に脱ぎたくなかった。

なぜなら、着物を着ている自分が愛(いと)しくて仕方なかったからだ。

幼い頃の私は、相当、お洒落だったということなのか。否(いな)、当時から洋服はどうでもよかったのだから、これは着物に限った感情だ。

前世の因縁というものか。いやいや、言うならば、母の因縁だ。

母は、普段から和服を着ていた。

戦前生まれとはいえ、昭和も後半ともなれば和服は日常から遠のいている。それでも、母はちょっとおめかしというときは、必ず着物を身につけた。

しかも、母は着物が似合った。

娘の私が言うのもなんだが、母は相当な美人だった。

但(ただ)し、お上品な奥様というタイプではない。顔立ちはモダンできつい。

ゆえに洋服でも目立ったが、その顔に和服を合わせると、不思議な迫力が加わった。

道を歩けば、振り返られる。和装の女性と行き合うと、大概の相手は顔を伏せ、場合によっては脇道に入る。

素人には見えないために、タクシーに乗ると「お店」を訊かれる。デパートに行けば、呉服売り場の店員が走り寄ってくる。

　正体は町工場のおかみさんでしかないのだが、そんな母と周囲の様子を物心ついたときから見ていた私は、母には敵(かな)わないという気持ちと共に、着物の力というものを、常に感じ取っていた。

　母自身も実感していたに違いない。そして、それ以上に、母も心底、着物が好きだったのだ。

　しばしば、母は私に着物を仕立てた。

　私は単純に喜んでいたが、今思うと、母は自分が似合わなかったり、年齢的に合わなくなった色柄を娘で楽しんでいたようだ。

　だから、私の意見が通ることは、帯締(おびじめ)一本たりともなかった。もっとも、お金を払うのは母なので、口を出せる立場ではない。ゆえに、成人式もそれ以降も、着物は母の言いなりだった。

　着付けも母だ。

「自分で着られるようになれ」とは、いつも言われることであったが、実際はまったく無理だった。なぜなら、私が手を出すことを母自身が許さなかったからだ。

　最近、他人の着物や着付けに口を出してくる人を「着物警察」と呼ぶと聞く。九割九分が年配女性という話だが、彼女たちは場所柄に合わないとか組み合わせがおかしいとか、または、帯(おび)が変だ、着付けが下手だと口や手を出してくるのだという。

そういう人種を「着物警察」と呼ぶならば、私にとっての母は「着物特高」だ。

何をどうやっても、クレームがつく。

着付けを教えると言いながら、肌襦袢(はだじゅばん)から始まって、紐(ひも)の結び方、衿(えり)の合わせ方、何から何まで細かく物言いをつけて苛立(いらだ)ち、最後には自分で私に着付け始める。合間に手を出そうものなら、ものすごい勢いで怒られる。

着付けを覚えるどころではない。

母にしごかれ、罵倒され……私は着物を諦めてしまった。

まあ、当然の結果だろう。

悪い教育の典型例だが、誂(あつら)えてくれた着物のほとんどは晴れ着に等しいものだったため、着る機会も滅多にない。機会があるときは、母の手がある。大体、どんなに欲しくても、着物を買うお金がないのだ。

（だから、もういい）

思い切ってから数十年、私は着せてもらう以外、和服には袖を通さなかった。

但し、愛着断ち難(がた)く、着物周りの文物や、着物が日常着だった時代の文化には、人より敏感に反応した。

餓えたゆえの貪欲さは、結果として日本の歴史や文化への興味と知識になったので、悪いことではなかった。が、それでも、着物は着なかった。

——それが覆ったのが数年前。

たしか、五月の夕暮れ近くだ。

私は古い下町の道を、用足しついでに歩いていた。

子供の頃から知っている場所だが、並ぶ店舗のほとんどは往時とは入れ替わっている。馴染だった文具屋はなくなり、老舗の下駄屋も廃業し、呉服屋から転身した洋品店には客の姿を見たことがない。

昭和から続くこういう個人商店は、今、ほとんど後継者がいない。経営者が年を取り、店を開けるのが億劫になれば、そのまま廃業してしまう。

とはいえ、シャッター街となるほどに、東京の地価は安くない。あとはコインパーキングになったり、小ぶりなマンションになったりと、思い出を偲ぶ暇もなく、通りの表情は変わっていく。

活気はない。

しかし、老いた猫が日向ぼっこをしているような長閑さがある。

私はのんびり歩を緩めた。
やがて、街灯が点き始める頃、古い時計屋が視界に入った。
入ったことこそなかったが、子供の頃から見知った店だ。
この手の店は「時計店」の看板を上げながら、貴金属も一緒に扱っている。
今でこそ安価な品も売られているが、戦後から暫くの間、時計——特に腕時計は、
ダイヤの指輪と並んでもおかしくない高級品だったのだ。
その名残で、店には今でも宝飾品と時計とが同じウインドウに入っている。以前は、
結構、質の良いアクセサリー類が並んでいたはずだ。
(今はどうなっているんだろう)
私は通りすがりに視線を向けた。
——何やら黒い。
ウインドウに並んでいたのは、透明感のある宝石やメタリックな時計の輝きではなく、
小さな黒い物体だったのだ。
私は店に近づいた。そして、
「しぶいち……」
思わず、呟いていた。

四分一(しぶいち)とは銀と銅の合金で、色金(いろがね)と呼ばれるもののひとつだ。

名の由来は、銀の比率が四分の一であることから来ている。

遠目には黒とも見える銀灰色(ぎんかいしょく)は、江戸の人々に好まれて、莨入(たばこいれ)の前金具や根付(ねつけ)、刀装具の小柄(こづか)や笄(こうがい)、大きな物では壺や茶道具にもなった。

特に幕末から明治期にかけては名工が多く輩出されて、超絶技巧とも謳(うた)われる緻密で精緻な工芸品は、現在も国内外で高い評価を受けている。

ガラス越しに見る四分一は、逸品揃いというわけではなかった。

しかし、現代のものに比べると、格段に小さく、細工は細かく、逆にモチーフと意匠はとことん地味だ。

たとえば、長さ二センチほどの重なり合った二枚貝の縁に、きらりと金象嵌(きんぞうがん)が光っている。

遠目で見れば、何がなにやらわからない。なのに、少し近づけば、浅蜊(あさり)でも蛤(はまぐり)でもなく、確かに蜆(しじみ)だとわかる。

ウインドウには、そんなものが数十個、ずらりと並んでいたのだ。

私は更に顔を近づけた。

ほとんどの品物の裏には、紐を通す金具がついている。

(帯留か。……となると、明治以降。大きさからすると、下っても昭和半ばかな)

着物好きが空回りしたため、こういう半端な知識はある。

帯留自体は江戸時代からあったらしいが、帯留専用ともいえる三分紐が出たのは明治以降だ。

だが、現代物にしては小さすぎる。

明治時代以前から、大振りの帯留は存在したが、ここまで小さく地味で、しかも精緻な細工物は、時代が古いか、古い時代の工芸品を帯留に直したかのどちらかだ。

着物は着ない。

だから、帯留は必要ない。

しかし、通り過ぎることもできない。

額を擦りつけるようにして、私は帯留を凝視し続けた。

どのくらいの間、見入っていたのか。気配にふと顔を上げると、店の奥からお年を召した女性が出てきた。

七十歳は過ぎていようか、垢抜けた美しい人だ。目が合う。と同時に、私は興奮をぶつけていた。

「随分、古いものですね。四分一ですよね」

女性はおや、という顔をして、頷(うなず)きながら私を誘った。

「よかったら、中でゆっくり見てらしてください」

言葉を受けて、私は店に入った。

売りつけられる不安はなかった。むしろ、手の届く値段なら、ひとつは持って帰りたい。既に、私はそう思っていた。

やや薄暗い店内は古びていたが、女性同様、こざっぱりと清潔だった。

奥に据えてある机の前に、店主が腰を下ろしている。

先の女性と夫婦であるのは、多分、間違いなかろうが、主人は妻より随分と老け、顔色もあまりすぐれなかった。

聞けば、長年の持病があり、年齢的にも店を続けることが難しくなってきたという。

「今年いっぱいかな。だから、この際、親父のコレクションを少し手放そうと思ってね」

(ああ、この店もなくなるのか)

こういう話は切ないばかりだ。

感傷的になったものの、机の上に女性の手で帯留が並べられていくにつれ、意識は素直にそちらに移った。

蜆、鬼灯(ほおずき)、栗、龍、鯰(なまず)、鼠(ねずみ)、牛、鮎(あゆ)、花鳥……。

巧拙こそあれ、いずれも見事な金工細工だ。目を丸くして唸(うな)っていると、店主が鑑定用の単眼鏡を貸してくれた。改めて拡大して見れば、一センチに満たない鼠についた歯までが、きちんと刻まれている。

「すごい。素晴らしい」

芸のない言葉しか出てこない。

「今の人から見ると、汚い色でしょうに」

店主がやや掠(かす)れた声で言う。

「いえ！　この美しさがわからないなんて、野暮の極みです」

謙遜だとはわかっていたが、つい、声が大きくなった。

店主は笑った。

「そう言ってくれると、親父もきっと喜びますよ。なにせ、あの空襲から守り抜いた品ですからね」

聞いて、私は目を上げた。

店主は皺(しわ)だらけの顔に、なお皺を作って微笑んでいる。

（そうだ）

この一帯は、東京大空襲でほぼ壊滅した地域ではないか。

「戦前から、ここでお店を？」

「ええ。大正時代に始めましてね。当時の店は燃えちゃったけど」

「商品は疎開させたんですね」

訳知り顔で頷くと、店主は小さくかぶりを振った。

「店は全焼しましたが、金庫だけが残っていたんです」

店主は当時小学生、その父は明治時代を知る人だった。

ふたりとも丁度、徴兵を免れる年代で、家族は東京に残っていた。

地方から来た人は疎開できるが、東京生まれで東京人同士で結婚した人は、親類縁者も皆、東京。縁故を頼って疎開するのは、なかなかできないことだったのだ。

空襲はそんな人々を無差別に殺し、焼夷弾(しょういだん)で町を焼き払った。

幸いにして、時計屋父子は生き延びることが叶(かな)ったものの、町は一面の焼け野原となり、かつて店のあった場所には金庫だけが立っていたという。

「昔の金庫ですからね。冷蔵庫ほどの大きさがあるんです。それだけが、広場に置かれたみたいに残ってたんですよ。けど、凄(すさ)まじい熱でしたから、一夜明けても金庫は真っ赤に焼けて燻(くすぶ)っていましてね。とても、手では触れない。だけど、水をかけてはいけない。すぐに開けてもだめだと、親父は言いまして。なんでも、熱いうちに扉を開けると、金庫の中に熱が入って、すべてが燃えて溶けてしまうそうなんです。なので、親父と私は交代しながら、徹夜で金庫の番をしました。きれいに冷めて、もう大丈夫だろうと思えるまで、一週間かかりましたね。それでドキドキしながら扉を開けたら、思惑どおり、中には火の気配もなく、すべてきれいに残ってたんです」

「よかったですねぇ」

「ええ。これらの品は、その金庫にしまっておいた物なんです。父は金工細工が好きでしてね。さして商売にもならないのに、古手の物や良い物を見つけると買って、集めていたんです」

「そんな思い出の品を、お売りになっていいんですか?」

「いいんですよ。うちは跡継ぎもいないんで、好きな人に持ってもらえたほうがいい」

寂しい言葉だ。

色々事情はあるのだろうが、手放すのは辛いだろう。

だが、そのお陰で、私が良質の四分一を目にしているのは間違いない。

(やはり、どれかひとつは欲しいな)

店主の語る物語は、私の所有欲を一層、駆り立てた。

思ったより、値段も高くない。

相場はわからないけれど、小遣いで買える範囲だ。

私は改めて、ひとつひとつを手に取って、つぶさに眺め、迷いに迷った。その間、拙い言葉で延々と細工を褒め続けていたところ、

「本当にお好きなんですね」

少し呆れた口調で言って、店主は妻に頷いた。

「せっかくだから、奥の手箱にある、あの鮎をご覧に入れてあげて」

やはり、人手に渡したくない品はあるのだ。

全部を売り払わないことに人情を見て、私はむしろホッとした。老夫婦の生活が、逼迫してないことも嬉しかった。

（お父さんの形見でもあるはずだもの）

鮎の帯留なら、目の前にもひとつある。

これも充分、素敵だが、店主秘蔵の品ならば、きっと見事に違いない。

眼福に与る礼を述べつつ、私は女性が戻るのを待った。

やがて、古い紙箱が掌に載せられてきた。

店主はそれを受け取って、濃い紫の天鵞絨を敷いた台に載せて、箱を開いた。

長さ五センチほどの帯留だ。

一瞥した瞬間、今までの物とは、格が違うのが見て取れた。

18金を台にした半身の鮎が、涼やかに身を泳がせている。

四分一の中でも銀の多い朧銀（おぼろぎん）と呼ばれる合金に、金象嵌が施されている。だが、目を射るような光はすべて、品の良い濃淡で殺してある。

計算され尽くした造形だった。

背から腹部にかけての真に迫った魚の色味、胸鰭（むなびれ）の上に並んだ斑点、そこから緊張感のある側線が尾に続いていく。

大きく精悍（せいかん）な唇も目も、生きているかのごとくだ。そして、流れるような背鰭が、まさに、この鮎が清らかな川の中を遡上（そじょう）していることを知らせてくれる。

名工の作だ。

絶対の自信があるゆえに、外連味（けれんみ）もなく、ただ純粋だ。

「これは……」

賛辞が喉に詰まった。俄（にわか）に襟足がそそけ立つ。

（まずい）

身に覚えのある感覚に、心の奥がひやりとした。

が、途端、止める暇もなく、私は呟いていた。

「……よくぞ、残っていてくれた」

涙が零れた。

同時に、私は心の中で「誰」と、大きく叫んでいた。

しまった。

取り憑かれた。

今の言葉と涙は、私とは違う誰かの思いだ。

漏れる嗚咽を堪える私に、時計屋夫婦が無言で顔を見合わせる。

ええ、そりゃ、驚くことでしょう。私自身、びっくりだ。

(誰？　親父さん？　それとも、作者？)

探ったものの、当人たちとは面識がないから、わからない。

年配の男性というのは、確かだ。そこそこ時代が古いのもわかる。

(よくぞ、なんて言わないでよ！　時代劇じゃあるまいし)

心で私は悶えたが、肉体は畏まった様子で鮎を眺めているだけだ。

(困った)

離れそうにない。

見知らぬ男性が、私以上に感激し、喜び、噎び泣いている。

（やめてよ。もう、恥ずかしい！）

二度と、店に来られないじゃないか。

しかし、抵抗はすべて、虚しく封じられた。

――強い。

段々怖くなってきた。

そのとき、店主が言葉を放った。

「そんなに感激してくださるなら、お譲りしてもいいですよ」

「えっ？」

私自身が驚いたせいか、はたまた物欲にはね飛ばされたか。声と同時に体がすっと楽になった。

店主は再び鮎を手に取り、腹に彫られた銘を示した。

「これは海野勝珉（うんのしょうみん）の作です」

「え……ええっ⁉」

海野勝珉とは、幕末に生まれ、明治彫金界の主流を成した名工だ。

私は以前、彼の作品を宮内庁三の丸尚蔵館（くないちょうさんのまるしょうぞうかん）で観たことがある。

作者がその勝珉ならば、素晴らしいのは当然だ。

しかし、逆にこうなると、安易に欲しいなどとは言えない。

欲しいのは確かだが、欲しいけど……。

私は再度、鈍い光を放っている鮎の帯留を凝視した。

「売るおつもりはなかったのでしょう？」

恐る恐る、私は言葉を継いだ。

店主はゆるりとかぶりを振った。

「いいんですよ。誰ともわからない人には売りたくなかったので、外に置かなかっただけですから。けど、持っていても、私が死んだあと、二束三文で処分される可能性がありますからね。まあ、あまり安くはできないので、よろしければ、という話ですが」

そう言って提示された値段は、確かに安いものではなかった。

それだけの金額を出せば、ウインドウに並んでいた帯留がいくつも買える。

しかし、困ったことに、店主が口にした鮎の価格は、私が覚悟したものの半分以下だったのだ。

これが相場なのか、はたまた破格に安いのか。いや、贋物（がんぶつ）ということもある。

安い。いや、高い。高いけど……。

何をどう言い訳しようと、既に心は決まっていた。

息を吐き、私は天を仰いだ。

「この辺りに、ATMはありますか」


店は、その年の暮れに畳まれた。

鮎の帯留は、手元にある。

店主ははっきり勝珉と言ったが、私に真贋(しんがん)はわからない。

調べたところ、現存している海野勝珉の作品は大物ばかりだ。しかも、その作品のほとんどは、実用から離れた芸術品だ。

廃刀令(はいとうれい)が出る前は、刀装具を扱う職人だったという話だが、そんな彼が女性のための装身具など作るだろうか。

彫られている銘が本物かどうかも、生憎(あいにく)、確認できない。

(鑑定に出すのも、馬鹿らしいしな)

まあ、見飽きないほどの魅力を持つのは確かなのだから、真贋はどうでもいいだろう。

私はこの鮎が大好きだ。

ただ、いまだに首を傾げるのは、あのとき憑いた男の正体だ。

勝珉ではないと思う。

あの男は私同様、作品に惚れ込んでいた。

店主の父でもないだろう。男は目の前の老人を一顧だにしなかったから。

結局、これもわからない。

しかし、あの男のひと言で、鮎が手元に来たのだから、ここは素直に感謝しよう。

いやいや、感謝していいのかどうか……。

これがきっかけで、私は着物の深い沼に嵌まってしまった。

常々、私は品物に用途があるならば、目的に沿って使ってあげるべきだと考え、実践している。

初めから観賞用ならともかくも、鏡なら、たとえ銅鏡でも鏡として使う。アンティークランプなら灯をともす。

そうやって物とつきあってきた私にとって、帯留は帯留として用いるしかない。リスペクトしているからこそ、鮎は帯の上で泳がせるべきだ。

だから、

（着るしかない）

私は決意した。

（鮎に相応しい着物を探し、相応しく着物を着こなさなければ）

以来、私はいつも心の隅に帯留を置き、隙あらば、着物にお金をつぎ込んでいる。

その時間と額の大きいことは、あのとき、私に憑いた男に土下座をしてほしいくらいだ。

しかし、鮎の帯留はまだつけられない。

この決意が本物ならば、出会うであろう着物も出てこない。

もしかすると、この顚末は何十年と溜め込んだ着物に対する執着が、帯留をきっかけに噴き出してきただけかもしれない。

ならば、あの男こそ、私の執着に取り憑かれ、引き込まれた犠牲者なのではないか……。

自省するのには、理由がある。

夢中になればなるほどに、私の着物周りには、様々な怪しい気配が立ちのぼってきたからだ。

振袖

帯留ひとつに引かされて着物を着ようと決意して、私はまず実家の箪笥から自分の着物を持ち出した。

母は着道楽でもあった。

帯や着物、どれほどの数があるかは知らない。が、自分のついでに娘にも、と仕立てた呉服は、決して少ない数ではなかった。

そっと開いた箪笥の中には、長着に長襦袢、帯はもちろん、道中着、道行、雨ゴートまでが揃っている。

ありがたい親心だ。が、それを普通に取り出して、もう一度着付けを習いたいなどと言ったが最後、またも母にこづき回され、気持ちが萎えてしまうだろう。

ゆえに母の目を盗み、私は紙袋に着物を詰めた。

自分の物なのは確かだが、お金を出した憶えがないため、少しばかり後ろめたい。

だが、ひとりで着付けを覚えるためには、多分、これが最善策だ。

私は紙袋を提げて、そそくさと自分のマンションに戻っていった。

練習用に持ってきたのは、二十代の頃に着た派手な小紋だ。

生地は重みのある縮緬。

よく聞くのは、初心者は浴衣からとか、紬が楽だといった言葉だ。だが、母の言い分は逆だった。

「本当にきちんと着られるようになりたいのなら、柔らかくて重い、着崩れしやすい着物から始めなさい」

その形が決まるようになったなら、紬なんか簡単だ、と。

スパルタ教育ではあるが、母の言葉が間違いだとは思っていない。ゆえに、私は縮緬の小紋を家から持ってきた。

しかし、袖を通そうとして着物を広げ、私は愕然とした。

半衿がない。足袋がない。帯締も忘れた。小物はガサッと摑んで運んできたが、紐が足りない。裾除がない。補正具はいるのか、いらないのか。何より、広げてしまったこの着物、

(どうやって畳んだらいいんだ……?)

呉服屋はもちろん、着物好きの中には、もっと着る人を増やしたいと熱望している人が多くいる。

それが思うに任せないのは、金銭的な問題や呉服屋の入りづらさに加え、初期装備が多すぎるという理由もあるに違いない。

何もない状態から着物を着ようとすることは、一から登山用品を揃えて、富士山に挑もうとすることと、さして変わりのないことなのだ。

いや、登山用品は一度揃えれば何年も使える。けれど、着物はそうはいかない。着た切り雀（すずめ）にならぬため、帯を替えたい、着物を替えたい、袷（あわせ）、単衣（ひとえ）、薄物、浴衣。春と秋では異なった物を身につけたい……。

そんなことを考え始めたら、まったくもってきりがない。

富士登山は装備に加えて体力・気力が必要だけど、着物は一式揃えたそのあとは、ただひたすらの経済力勝負となる。

これでは着物人口が増えるはずはない。多分、私も一から揃える立場だったら、とっくに諦めている。

そうならずにすんだのは、どんなに文句を言おうとも、やはり母のお陰である。

ともあれ、半端な小物と広げた着物を前にして、私はしばし途方に暮れた。

けれども、今は幸いにしてインターネットというものがある。

私は知識と道具とをパソコンの中から拾い上げると、それらが整うのを待って、改めて着物に挑戦した。

着付け教室に通う選択は、端から頭の中になかった。

誰かに教わるのはもうこりごりだ。

しかし、ひとりで着てみると、できないことが沢山あった。その一方、おはしょりの綺麗な処理の仕方や帯の位置など、母から習った細かいコツはしっかり頭に残っていた。

そのコツを活かせるようになるまでの苦労話は……やめておこう。

ただ、なんとかまともに着付けができるようになってのち、私は母がなぜあそこまで口煩かったのか、理解した。

衿の合わせ方や衣紋の抜き方、帯の位置や帯揚の分量、それらはミリ単位の差や僅かな角度で、容易に表情を変えるのだ。

清楚になるのも婀娜になるのも、いけすかない感じも老けるのも、印象はすべて着付け次第だ。

理想の和服姿を自分の中に持っている人ほど、そのこだわりも強くなる。

母はこだわりの塊だった。そんな女性が娘に着物を着せる行為は、即ち自分の作品を作るに等しいものだったのだ。だから、手を出すと怒り狂った。

（なるほどね）

得心がいった。そして、そのこだわりが、なんとなくではあるものの、自分の身についているのも知った。

ここに至って、私は漸く母に感謝の気持ちを抱いた。

着られる着物があること自体も、着道楽の母あってのことだ。やはり和服に関しては、母に頭が上がらない。

着付けを難しく考えるか否かは、個人差があろう。

だが、着付け教室という場所が存在する程度には、現代人にとっての着物は面倒なものに違いない。

原因は和服そのものにある。

世界を見渡しても、着物ほど雑な民族衣装はないからだ。

フォーマルから寝巻まで。男物も女物もほとんど同じ形をしていて、素材の差異だけで春夏秋冬をまかなうなんて、まったく手抜きもいいとこだ。

それらを体形や場所柄に合わせて綺麗に着ようと思ったら、小煩くなるのは当然だろう。

着物が着られるようになったあと、私はそんな小煩い筆頭である母に、改めて着付けを見てもらった。

相変わらず、母は毒舌だったが、私はもう反発しなかった。

（この人は教えたいことがありすぎて、要領の悪い頑固な子供に苛立っていただけだったんだな）

ならば、よかろう。

教えを乞おう。

そうして、数カ月経ったのち。

ある日、衣紋を抜いた私の背後に回り、母はあらっと声をあげた。

「あんた、すごい衣装黒子（いしょうぼくろ）を持っているのね。そりゃ、着物好きにもなるはずよ」

「衣装黒子？」

「首の後ろ、衿にかかるところにある黒子のこと。そこに黒子があると、衣装持ちになるって言われているのよ。ほら、私にもあるでしょう？」

言って、母は自分の襟足を指さした。

セーターを捲（めく）って確認すると、確かにはっきりとした黒子がある。

私は洗面台に走って、自分の項（うなじ）を確認した。そこには写したかのように、母と同じ黒子があった。

（気づかなかった）

着物に憑かれる人の性は、こんなところにも表れるのか。

呆れつつ鏡を見ていると、後ろに立って、母が頷いた。

「そろそろ、私の着物も着てみる？」

「え？」

「あの大島とか、似合うんじゃないかしら」

言いつつ、母は箪笥に向かった。

何が母の感情を動かしたのかはわからない。が、着付けができるようになっても、年相応の着物を持たない私だ。母のそのひと言は、私を狂喜乱舞させた。

以来、私は折あるごとに、母の箪笥から着物を引っ張り出した。出かけるときは、母と相談してコーディネートを決め、着付けを確認してもらった。

なんだか、すっかり仲の良い親子だ。

そうして、それにも慣れた頃、季節は夏を迎えていた。

鮎の帯留を手に入れてから、もう一年が経っていたのだ。

まだ帯留をする機会は得られなかったが、鮎は初夏から夏の魚だ。その季節に合った着物を着られるようにならねばならない。

重い着物が着づらいのと同様、薄物にもコツがある。

（まずは練習用として、どれか一枚貸してもらおう）

私は夏物の入った箪笥を開いた。

と、最初に開けた引き出しに、ぽんと、畳紙(たとうし)にも包まずに、一枚の着物が置かれてあった。

黒地に銀灰色(ぎんかいしょく)で横段が織り出された絹物だ。

粋な意匠の洒落着だが、母の好みとは違う気がする。

そっと手に取って広げると、絽(ろ)とも紗(しゃ)とも判断がつかない。

しなしなと纏(まと)いつくような生地から、部屋の景色が透ける。

薄い。

軽い。

そして、

（古い）

直感的に、私は思った。

「これなあに？」

私は着物を手に居間に向かった。

見た途端、母の顔色が変わった。

「どこにあったの、その着物」

「夏物の入った引き出し。一番上に置いてあったよ」

言うと怪訝な顔をして、母は私と着物を交互に見つめた。

なんだろう。

出してはいけないものだったのか。

母の様子に戸惑いながら、立ったまま首を傾げていると、母はやがて手を差し出した。

私は慎重に薄物を手渡す。母はそれを膝に置き、愛おしそうに手で撫でた。

「これはあんたのお祖母ちゃんが着ていたものよ」

祖母は、私が幼い頃に亡くなっている。だから思い出はほとんどないし、祖母の着物姿も記憶にない。

しかし、聞いたところによると、祖母もまた相当な着物好きであったらしい。

「お祖母ちゃんの着物姿はね、そりゃもう、かっこよかったのよ」

うっとりするように、母は語った。

（おや）

私が母の着姿に抱くのと、同じ感想ではないか。

なんとなく面白く感じていると、母は着物に目を落とした。

「沢山あったんだけどねえ。みんな戦争で燃えちゃった。だから、この着物も多分、戦後、手に入れたものじゃないかしら。焼け出されて、お金なんかなかったから、誰かから頂いたのかもしれないね」

――また戦争か。

人の命のみならず、一体、あの空襲でどれほどの美しいものがこの世から消えていったのか。

下町に住んでいる限り、この悲しさと悔しさは、いつもふいに訪れる。

(帯留の顚末と似ているな)

この符合にはひっかかる。

同じ戦火を潜った地域というだけのことなのか。

そんなことを考えながら、改めて着物に触れると、母が私に言葉を継いだ。

「あんた、これ着なさい」

「え？」

「形見分けにもらってから、大事にしていたんだけれど、大事にしすぎて、どこにしまい込んだのか、わからなくなっていたのよね。それを見つけたんだから、着なさいよ」

なんとも嬉しい申し出だ。

しかし、しまい込んだも何も、着物は引き出しの一番上に剝き出しのまま置かれていたのだ。わからないということはない。

私はそう思ったが、口に出すのはやめにした。

老いた母の記憶違いと判じたからだ。

(いや、それとも……)

もしかすると、将来、この着物に鮎の帯留を合わせる日がくるのだろうか。

一瞬、陳腐な夢想に囚われた。が、母の言葉はまだ続いていた。

「私の着物も、もうみんなお前にあげるから、持って帰って、好きに着なさい。ただし、みっともない着方をしたら、全部取り上げるからね」

祖母の形見を見つけたことは、そんなにインパクトのあることだったのか。

仰天したものの、このときの母の気持ちもまた、わからなかった。

しかし、この顚末の中心に誰がいるのかは意識していた。

「お祖母ちゃん……」

知らず呟くと、母は大きく頷いた。

「そういえば、お祖母ちゃんにも、衣装黒子があったわね」

紡がれた言葉に、私は少しゾッとした。

何かにしてやられた感覚がある。

――私は真に自分の意思で着道楽になるのだろうか。


さて。

ここまで読んで、私が着付けの達人になったように思われる方もいるだろう。

だが、生憎(あいにく)、私は不器用だし、いまだに自分の着付けには納得いかない日も多い。

それでも、母があぁ言ったのは、祖母の形見を通して、私の着物への熱情を理解したからに違いない。

着物はしょせん服、ファッションだ。

纏(まと)い方もコーディネートも人それぞれでいいのだし、母の理想が和服すべての理想というわけでもない。

目のないところでは、私も母が許しそうにない着物を着ている。それでも、親と会うときは譲られた着物を身につける。

それが、私なりの礼節だ。

ちなみに、祖母の形見である薄物は、いまだに種類がわからない。

のちに呉服屋にも見てもらったが、正確な答えは得られなかった。
ただ、聞いたところによると、昔は小さな地域でのみ織られているような反物がちょこちょこ出回っていたという。着物が廃れて、それらは失せて、今は名前すらわからない物もあるということだ。

祖母の着物も、もしかすると、そんな物のひとつなのかもしれない。

いずれにせよ、この薄物は夏が来るたび身に纏う、お気に入りになっている。

当初は親子三代の因果のようなものを感じて、抵抗を覚えたりもしたけれど、着物の魅力には抗えなかった。

これぞ、衣装黒子の威力か。

加えて、私は古い物が持つ力をも、祖母の着物に感じていた。

捨てても戻ってくる人形や、持ち主の執着が入った宝石が人を不幸にする話など……。
古物にまつわる怪談は古今東西数多くある。

祖母の形見も意思を持ち、機が熟した頃を見計らって再び現れたのではなかろうか。
私はそんな想像をした。

しかし、改めて最近思うのは、経た年代にかかわらず、物は——着物は時として、人の思いに呼応して気を引くのではないかということだ。

振袖

二十歳のときに着た振袖は、忘れ難い一枚だ。

成人式を控えた私は、母に連れられて着物展示場に赴いた。

普段、我が家は近所の呉服屋とつきあっていたが、ここ一番というときは、呉服屋と共に日本橋に行ったのだ。

今、チェーン店の呉服屋などがやっている催事ではなかったと思う。ビルの中にいる人は、ほとんどが業者らしかった。

空間もしんと落ち着いている。

いわゆる問屋という場所だ。

しかし、招かれた空間は、ただただ華やかだった。

エレベーターを降りた瞬間、私は室内の彩りに圧倒された。

晴れ着のみならず、ありとあらゆる反物が、畳敷きの大きな部屋の四隅や中央に積み上げられている。

つややかな漆塗りの衣桁(いこう)には、訪問着や振袖が広げられていた。また、金糸銀糸の唐織(からおり)の帯、品良くしなやかな綴(つづれ)の帯が絵画のように並んでいる。

何百反あるのだろう。

こんなに沢山の品の中から、どうやって振袖を選ぶのか……。

掛けられている振袖は、派手な花鳥と吉祥文様に埋め尽くされて、暫く眺めているうちに、どれも同じに思えてきた。

反物を広げてみたい気持ちもあったが、きちんと巻き直す自信がない。汚す恐れも手伝って、私は畳の隅っこに畏まって座るのみだった。

母は娘を放り出し、呉服の森を駆け回っている。

当時の私に、着物を選ぶ権利はない。

正座して待つのは辛かったが、目が飽きることはなかったため、私は美術館にでもいる気になって布や紐を眺めていた。

母が戻ったのは、数十分後だ。

後ろに従った呉服屋が、着物の入った乱れ箱を掲げている。

「これを着てごらんなさい」

有無を言わせぬ口調で、母は言った。

呉服屋さんがにこにこと、敷紙の上に振袖を広げる。

眼前に現れたのは、雪のごとき白地の綸子。

そこに少し桃色がかった紅梅と、白地に紛れる白梅が枝も見事に描かれている。

派手な色の振袖だけを目で追っていた私にとって、その選択は衝撃だった。

目が洗われるとは、このことか。

典型的な古典柄だが、見ていて飽きることがない。

私はひと目で魅せられた。母も同じだったのだろう。

その振袖に、金糸の勝(まさ)った朱赤の袋帯(ふくろおび)を合わせて、ほんの一時間足らずの間に成人式の着物は決まった。

身につけたのは、成人式と翌年の正月、二度だけだ。

いずれも気分は高揚したが、振袖はそれきりしまい込まれた。着物を諦めたのちは、記憶からも薄れていった。

だが、母から着物を譲られて、俄(にわか)に私はその振袖を思い起こした。

もう着られないのはわかっていたが、改めて一度、眺めてみたい。

私は引き出しを引(ひ)っ掻(か)き回した。しかし、振袖は見つからなかった。どこにしまったのかと尋ねると、思いがけない答えが返ってきた。

「あげちゃったわ」

「ええっ？　なんで？」

「娘に振袖を仕立てるお金がないっていう人がいてね。気の毒だから、あげちゃったの」

……気前が良いにも程があろう。

無論、文句を言う権利はない。ないけれど、着物のことが少しわかるようになった今だからこそ、あの振袖をもう一度、私はじっくり見てみたかった。

しかし、もうどうしようもない。

諦めるほかはなかったが、こういう未練は長く残る。成人式や謝恩会の季節が来るたびに、私は自分の振袖を思った。

擦れ違う盛装の女性たちは、皆、美しく装っている。が、私の振袖と似たような意匠には、お目にかからない。

私はあのときの振袖を、素晴らしいものだと考えていた。

本当に、それほどのものだったのか。確かめたい。けど、ないものはない……。

堂々巡りの屈託を抱えたままで、数年後。

たまたま入ったデパートで、着物の催事をやっていた。

会場に入ると、その一角にリサイクル着物やアンティークを扱う店が出店していた。

そのブースの一番奥――壁にディスプレイされた振袖を見て、私は息を呑み込んだ。

白い綸子に、紅梅と白梅。

(私の振袖? 似ているだけ?)

人の行き交う通路に立ったまま、私は着物を凝視した。

至近で見ればいいのだろうが、足は前に出なかった。

私はしばし逡巡（しゅんじゅん）し、それからくるりと踵（きびす）を返した。

怒りに似た当惑が湧いてきた。

もしも、あれが「本物」ならば……振袖をもらった相手が、さしたる愛着もないままに売っていたなら、あまりに悔しい。

いや、着物が買えないと言った人だ。やむなく手放した可能性もある。いやいや、着物なんて、今どきのリサイクルなら二束三文だ。時代劇ならともかくも、着物を売り飛ばして生活の糧にするなんてできやしない。

ならば、あれは私のものじゃない。絶対、違う振袖だ。同じ着物が何枚か、作られることはある。だから、柄が同じでも違う。

（あれは、違う振袖だ）

私は自分に言い聞かせ、湧き上がる疑念を振り払った。

ところが、だ。

動揺も薄れた年の暮れ、私は再度、同じ振袖に巡り会うことになったのだ。

場所は、当時、よく覗（のぞ）いていたアンティークショップだ。

そこで店員とお喋（しゃべ）りしていると、若い女性が入ってきた。

成人式に着る振袖に合う、帯を探していると言う。

「これもリサイクルなんですが」

言いつつ、彼女は畳紙を広げた。

白い綸子に、紅梅と白梅。

これは。

「……どこで買ったの？」

驚愕のあまり、失礼な問いが口から出た。

彼女は気にせず、素直に店の名前を答える。

あそこだ。

催事に出ていた店だ。

愕然とする私の横で、店員が言った。

「お召しになってみませんか？　そのほうがイメージが湧いてきますよ」

彼女は少し照れながら、振袖を広げて袖を通した。

まったく言葉が出なかった。

母が誂えてくれた振袖は、袂の丸みが通常よりも少し大きくなっていた。それで柔らかみを出したいと、母が呉服屋に注文したのだ。

女性が纏った振袖の袂も、緩やかに丸い。

もう、否定は叶わない。

紛れもなく、これは「私の」振袖だ。

私は数歩後じさり、振袖を纏った女性を見つめた。

怒りも悔しさも感じなかった。なぜならば、頰を紅潮させた若い女性に、その振袖はとても似合っていたからだ。

(箪笥の肥やしにはならない、か)

それが、この着物のプライドか。

心の中に、苦笑が浮かんだ。

確かに、どれほどの未練があっても、私に振袖はもう着られない。仕立て下ろしでもリサイクルでも、振袖という着物の本懐は、妙齢の女性を美しく装わせるためにある。

だから、この着物は手元を去ったのだ。

それでも愛着断ち難い私を慰めるように、姿を見せてくれたのだ。

(嬉しいね)

素直に、私は思った。

「ひと目惚れだったんです」

鏡に映った己にうっとりしながら、女性が胸に手を当てた。

ありがとう。

「すごく似合うわ」

私は言った。

「この帯がいいんじゃないかしら」

店員が金朱の帯を持ってきた。

うん。きっと合うはずだ。


肌に纏うものだからこそ、着物には人の思いが入りやすいのかもしれない。

愛された着物は、人を幸福にすることに、喜びを見出していすのかもしれない。

祖母の形見が母を経て、私に渡ってきたように、着物はそのときどきに相応しい人の許にやってくる。

着物は選ぶものではない。

着物が、人を選ぶのだ。

古着

古物にまつわる怪談は、古今東西数多くある。

なぜ、物が怪異を引き起こすのか。

古い物品に魂が宿るとの考えは、付喪神という言葉になって昔から囁かれてきた。

時代を経た物でなくとも、粗末に扱われた品が障りをなすという話もある。

これらは器物そのものが、意思を持つという解釈だ。

一方、持ち主の愛着や執着がこびりつき、新たな所有者になんらかのアクションを起こす例もある。

前者の付喪神系では、物自体が意思を持つのはお杓文字だったり、雑巾だったり、あるいは「ちんちんこばかま」となる爪楊枝やら、生活雑貨、消耗品の話も多い。

持ち主の念がこびりつくのは、高価な装飾品や衣服、着物だ。

中でも歴史的に有名な事件は、明暦の大火——俗に振袖火事と呼ばれる話だろう。

この大火は明暦三年（一六五七）の一月十八、十九日両日にわたり、江戸城外濠内のほぼすべてを焼き尽くした大火災だ。それを振袖火事と呼ぶ由来は、ある怪談に基づいている。

振袖火事という言葉は知れど、詳細を知らない人もいるだろうから、お節介ながら概要を述べたい。

数え十六になる娘・梅乃(うめの)は、本妙寺(ほんみょうじ)への墓参の帰り、ふと擦れ違った寺男らしき美少年にひと目惚(めぼ)れをする。しかし、どこの誰とも知れぬまま、恋い焦がれて日を過ごすうち、遂に病の床に臥(ふ)し、彼女はそのまま亡くなってしまった。

葬儀の日、両親は棺(ひつぎ)に形見の振袖を掛けた。

当時、こういう遺品は寺男たちの所有となるのが決まりだった。そのため、振袖は転売されて、同じく十六歳の娘のものになった。

ところが、この娘も病で亡くなり、振袖は棺に掛けられて、ちょうど梅乃の命日に再び本妙寺に持ち込まれた。

寺男はまた、それを転売した。が、またも十六歳の娘の手に渡り、彼女もほどなく死んでしまった。

振袖は三たび棺に掛けられて、梅乃の命日に本妙寺に持ち込まれた。

三人の娘の遺族らは、さすがにただならぬ因縁を感じて、振袖は供養されたのち、火にくべられることに決まった。

だが、着物が炎の中に投げ込まれたその瞬間、やにわに強い風が吹いた。そして、裾に火をつけたまま、振袖は人が立ち上がったごとき姿で宙に舞い上がり、本妙寺の軒先に火を移した……。

明暦の大火は、震災と空襲を除けば、日本史上最大規模の被害を出した災害だ。火は旧暦一月十八日の午後二時頃、当時、本郷丸山（ほんごうまるやま）（現在の東京都文京区本郷五丁目）にあった本妙寺から出た。

この日は風が強く、また、前年十一月から雨が降っていなかったため、あっという間に本郷から浅草（あさくさ）、隅田川（すみだがわ）を越え、牛嶋神社（うしじまじんじゃ）辺りまで火は広がった。隅田川河口近くの霊巌寺（れいがんじ）では、一万人近くの避難民が死亡。浅草橋では脱獄の誤報が流れて、役人が門を閉ざしたせいで、逃げ場を失った二万人以上が犠牲となる。また、当時は幕府の軍事防衛上、隅田川には千住大橋（せんじゅおおはし）しか架かっていなかったため、多くの人が対岸に逃れることができずに亡くなった。

翌日の朝方には鎮火したものの、午前十時頃、今度は小石川（こいしかわ）にあった傳通院（でんづういん）近くより出火。飯田橋（いいだばし）から九段（くだん）一帯に延焼した。

この昼過ぎには、今でいう火災旋風らしきつむじ風が起き、江戸城天守閣の窓が開いた。火炎を伴った熱風は城の内側に入り込み、天守閣は燃え、次いで、本丸・二の丸も焼失した。

更に同日夜には、麴町（こうじまち）からも出火して、京橋（きょうばし）、新橋（しんばし）、芝（しば）までが焼き尽くされる。

俄（にわか）には、信じ難い災害だ。

三度続いた火災によって、江戸市街の六割以上が焦土と化し、少ない資料で三万人、多い資料では十万八千人もの人が亡くなったとされている。

空恐ろしい話だが、この未曾有の大災害を機に、江戸では徹底的な都市改造が行われた。

道路の拡張、隅田川への架橋、火除地（ひよけち）である広小路や火除土手の新設、武家屋敷・寺社・町屋の移転とそれに伴う地域開発、家屋の建築制限、定火消（じょうびけし）の設置などなど。

今に残る江戸の面影や、我々が思い描く江戸時代のイメージは、振袖火事以降のものだ。

梅乃の妄念の凄（すさ）まじきこと……。

もっとも、この伝説は眉唾だという人もいる。

なぜならば、不思議なことに、出火元となった本妙寺にお咎（とが）めが一切なかったからだ。

そればかりか、三年後に幕府は客殿・庫裡（くり）、六年後には本堂を再建し、十年後には触頭（ふれがしら）という重職を本妙寺に任じている。

異例ともいうべきこの厚遇から、火元は隣接していた老中阿部家であり、本妙寺は幕府の要請により汚名をかぶったという説がある。

実際、本妙寺の記録によると、関東大震災までの二百六十年余、阿部家から毎年、明暦の大火の供養料が奉納されていたという。

まあ、現実的な考証は措くとして、世間がこの伝説を途切れることなく伝えてきたのは、それなりの理由があったからに相違ない。

ひとつは、若い娘の叶わぬ恋という情話への共感。

もうひとつは、この伝説が、器物の怪談として出色の出来であるためだ。

振袖に込められていたのは、寺男への恋情か。

物語風に考えるなら、梅乃はきっと、その美しい振袖を着て、恋する男に会いに行きたかったに違いない。それが叶わぬまま亡くなって、振袖は見知らぬ娘のものになった。

自分は思いを遂げることなく儚くなったにもかかわらず、見ず知らずの娘が美しく着飾って恋をして、あるいは誰かに見初められ、嫁ぐなんて許せない……。彼女はそう思ったのか。

いや、もしかしたら振袖を転売した寺男こそ、梅乃が愛した美少年だったのかもしれない。ならば、無念は殊更だ。

もし、寺男の手に振袖がとどまっていたならば、そうして彼が梅乃を思い、袂(たもと)に顔を埋(うず)めて噎(むせ)び泣いていたならば、のちの少女たちの命はもとより、江戸を焼き尽くした大火事は、起こらなかったのではないかと想像する。

当病平癒(とうびょうへいゆ)の加持祈禱(かじきとう)などでは、対象者の衣服や下着など、身につけたものを形代(かたしろ)にする。

それが愛着の品ならば、余計に人の魂は映りやすいに違いない。

前章で記した振袖の話は、私の執着より着物のプライドが勝ったため、怖い話にならずにすんだ。

だが、もし私が振袖を売り払った人物や、新たな持ち主に恨みに近い念を抱いたら、結末は変わっていたかもしれない。

実際に私自身、不思議な着物に出会ったことが数度ある。

以前、記した話だが、市松人形(いちまつにんぎょう)のために買ったアンティーク着物も、その一枚だ。

詳細は拙著(『もののけ物語』KADOKAWA)に譲るが、私が買った人形はボディだけ。着物を着ていなかった。それゆえに私は彼女のために人の着物を買ったのだ。

綺麗な緑色の地に、大きく花を描いた友禅だ。

私はそれを仕立てる前に衣紋掛けに掛けて虫干しをした。

小さな怪異が起こったのは、その晩だ。

夜、何かが動く気配を感じて、着物に目を転じると、袖から白い女の手がひらひら動いて見えたのだ。

(あ、この着物、曰く付きだな)

思ったものの、恐怖はなかった。

なぜなら、この着物こそ、私の人形に相応しい。そう信じていたからだ。

思い込んだ理由は、すぐ判明した。

着物を見て、母が言ったのだ。

「随分古い着物ね。それは昔の芸者さんとか水商売の人が着るものよ」

実は、私が買った市松人形は、特注で作られたにもかかわらず、依頼人の気分でキャンセルされて、店頭に並んだ品だったのだ。

私はそれにひと目惚れをし、生まれて初めてキャッシングなるものに手を染めた。

つまり、人形は本来の主人に捨てられて、ショーウインドウという張店に出た女の子。

それに惚れて、借金を背負ってまで身請けをした私の立場は、恋人を女郎屋から請け出した貧乏旗本そのものだ。

そんな関係の象徴が、曰く付きの芸者の着物だったのだ。

だから、怖いとは思わなかった。

案の定、着物を解いて人形用に作り直すと、その後は何も起こらなかった。

ただ、今思うと、人形のための着物を作るといった行為は、当時、着物を諦めていた自分への代替行為だった気がする。

そう考えると、昔の自分がちょっと哀れな気もするし、屈折した執着に空恐ろしいものすら感じる。

だが、まあ、人形は満足そうだし、私も今は落ち着いている。メデタシメデタシでいいだろう。


次に古着の怪異に遭ったのは、着物を着始めてからのことだ。

母から着物を譲られて有頂天になった私だが、高揚感が落ち着くにつれ、困ったことに気がついた。

似合わないのだ。

母と私ではタイプが違う。なので、同じコーディネートで着物と帯(おび)を合わせても、まったくしっくり来ないのだ。

着物は良くても、帯が合わない。帯はいいけど、着物がおかしい。それぞれが好きでも似合わない……。

(困った)

譲られた和服を活かすには、自分で揃えていくしかない。

以前だったら、またここで私は挫折しただろう。しかし、今回は救いがあった。

リサイクルとアンティーク着物の存在だ。

元々、私は骨董好きだ。そのせいか、古着に対する躊躇(ちゅうちょ)や忌避感はほとんどない。

大体、江戸時代の庶民なら、着物は古着屋で買うのが普通だ。また、親から譲られるのも、一般的なことだった。

しょっちゅう新しい服を買い替えるのが当たり前となったのは、実は最近になってのこと。仕立て替えがほとんどできない上に、流行によってパターンが変わる洋服が幅を利かせてからだ。

実際、着物好きと話をしていると、親や親戚から譲られたことをきっかけに挙げる人は多い。ただ、環境は同じであっても、着物に興味がなかったり、サイズが合わずに断念する人もいる。

サイズが合わない人のほとんどは、小さくて着られないというものだ。

日本人の体格が良くなったため、ひと昔前の着物の多くは現代人には合わなくなった。大きい着物なら小さくできる。しかし、残念なことに、今は着物の寸直しも結構、お金がかかる。それなら慣れない着物より、新しい洋服を買うほうがいい。そう思うのは当然だ。

幸いにして、母と私は体形がほぼ同じだったため、すべて直さずに袖を通せた。

親が「もったいない」という価値観を失っていなかったことも幸運だった。

母の箪笥（たんす）には、祖母の着物をはじめ、親類や友人から譲られた着物や帯がしまわれている。母もまた、着なくなった着物を人に譲った。

それらは各々の手元において仕立て替えされ、染め直され、時には帯に変わったり、羽織（はおり）に作り直されたりして、長い時間——何代もの女性たちの身を飾ってきた。

本来、着物も家財道具もすべて、そうやって繕われて慈（いつく）しまれて、長く実用品として、人の側（そば）にあったのだ。

しかし、古い気を纏（まと）ったモノたちは、高度経済成長期とその後のバブルを契機にして失われていった。

中でも、衣類はぞんざいに扱われたようだ。

ひとりで着物を着られるようになったあと、私はあるパーティに出かけた。そこで会ったスーツの女性に、自分の着物は母のものだと語ったところ、彼女は呆れた声を放ったのだ。

「あら。お下がりを着ているの？」

びっくりした。

アンティークの家具やジュエリーに、価値を見出す人は多い。けれども、着物は「お下がり」なのか。

身につけるものだけに、神経質になるのはわかる。しかし、この潔癖な感性によって着物が捨てられ、家々から和服を着るという習慣が失せていったのは確かだろう。

なんとも、もったいないことだ。

――少し話がずれてしまった。

ともかく、譲られた着物を活かそうと、私は古着に手を出した。

今はネットでも実店舗でも、リサイクル品が充実している。

しかも、当然ながら、リサイクル品は新しいものより格段に安い。

無論、作家物やブランド品などは高い値段がつくけれど、それ以外なら物によっては千円程度から買えるのだ。

裏を返せば、そんな安価で出回るほどに、着物を手放す人が多いということ。残念に思う気持ちもあるが、着物を着たい人にとって、リサイクル市場は有り難い。

私はそこに食いついた。

先ほど、日本人の体格が良くなったため、ひと昔前の着物が着られなくなったと記した。が、私は小柄だ。洋服だとサイズが合わずに断念するのは私のほうだが、着物は逆だ。

私は勝利を確信した。

とはいえ、手を出し始めた当初は、ままならないことばかりだった。

インターネットの古着屋で初期に買った着物や帯は、届いてみると、どうにもならない品も多かった。

つまり、まあ失敗したのだ。

その失敗に怯(ひる)んだ私は、最悪、寝巻(ねまき)にもできる木綿の着物を買おうと考えた。いや、最初から木綿の着物は欲しいもののリストに入っていた。

親の着物はいわゆる洒落着(しゃれぎ)で、絹のものが圧倒的だ。それらを無駄にしないためと言いながら、普段着の王道である木綿を探したりするのだから、つくづく私も業が深い。

そのせいだろうか。

最初に買った木綿の着物は、私の手に負えるものではなかった。

手に入れたのは、かなり古手の久留米絣だ。

しかも、男物である。

男の着物は身八つ口が開いていない不便がある。しかし、小柄な私には、おはしょりをせずに対丈で着る男性着物がちょうどいい場合があったのだ。

何より、木綿は自宅で洗える。この買い物に失敗しても、青ざめるような値段でもない。私はそんな算盤も弾いた。

購入したのは、インターネットの通販だ。私はそこで、昔の書生さんが着るような細かい十字絣の着物を選んだ。

だがしかし、やがて店から届いた着物は湿り気を帯びて黴臭かった。

加えて、妙に重い気がする。

(昔の木綿って、重いんだな)

それとも、湿気のせいだろうか。

眉を顰めながら広げると、居敷当という補強の布が尻の辺りに当てられている。

これも綿だが、白地のせいか、黄ばんだ染みが浮いていた。

そこも、着物本体も、よく見ると縫い目が乱れている。

どうやら、誰か、素人が仕立てたものらしい。

久留米絣は現在、物によっては何十万もする。けれど、私が手にしたものは庶民的な……いや、本当に着古した古着にしか思えなかった。

正直、残念な気持ちになったが、木綿は洗える。洗濯すれば、黴臭さも消え、こざっぱりするに違いない。

私はそんな期待をかけて、大きな洗い桶を用意して、そこでざぶざぶと着物を洗った。水を吸うと、木綿は殊更重い。そんな初体験や発見にバタバタしながら着物を干して、乾くのを待って取り込んで……。

(やはり、重い)

いや、それ以上になんだろう……この着物、清潔感がない。

なんだか嫌な気分になった。けれども、手をかけた分、湧き上がってきた忌避感を認めるのは嫌だった。

私は着物を肩に掛け、ゆっくり袖を通してみた。

その瞬間、

(着たくない)

私は慌てて、着物を脱いだ。

そして、床に落とした着物を改めて広げて考えた。

どうして、この着物はこんなに気持ちが悪いんだろう。

裏に当てた木綿の居敷当が、妙に不潔に思えるからか。縫い目も不揃いで美しくないし、染みは薄くなっていたけれど、見ようによっては、ぼろが貼りついているようだ。

「取るか」

私は呟(つぶや)いた。

居敷当はつけるのが当たり前というものではないので、取ってしまうことも可能だ。できれば、そのまま着たかったのだが、染みの残る布をつけているのは、古着とはいえ、あんまりだ。

私はカッターを手に取って、古い木綿糸を切り、縫いつけられた布を解いた。

半分ほど布が外れたとき、きらっと電気の下で何かが光った。

ぎょっとして、私は手を離した。

のけぞるような姿で見直すと、居敷当を縫いつけた糸に絡んで、一本の長い白髪(しらが)がのたくっていた。

(ああ、これか……)

溜息が出た。

これでは、とても着られない。

見た瞬間、老婆の姿が浮かんだからだ。

そして、その思いが久留米絣に絡んでいるのを知ったからだ。

手に入れた着物は、男性用だ。

その反物を縫ったのが素人だというのなら、男性の家族に違いない。

妻が夫のために縫ったのか。それとも孫のため、祖母が心を込めたのか。

真相は探り当てられないが、その一本の髪の毛は、これを着たであろう男に対する愛情の証(あかし)のように思えた。

木綿の単衣(ひとえ)一枚を縫うのに、どれほどの時間がかかるのか。

生憎(あいにく)、私にはわからない。

しかし、縫い目は手慣れたものとは言い難い。きっと、時間がかかっただろう。

夜なべをしたのかもしれない。

年を取って目が霞(かす)み、自分の髪が糸に絡んでもわからないほど、一生懸命、縫ったのだろうか。

着物の年代から考えて、白髪の女性はもうこの世にはいないだろう。本来の持ち主も、もしかすると、もういない。

残ったのは、愛情だけだ。

そして、その白髪の主は、数千円で古着屋から着物を買った私に、着ることを許さなかったのだ。

結局、その着物は解いて、後日、細工物に使う端切れとして人に譲った。

糸を解いて、布に戻してもう一度、きれいに洗ったそのあとに、以前感じた独特の重さは残っていなかった。

縫うという行為は、心や思いを縫いとどめることでもある。そして、それをほどく行為は、念をほどくことにも通じる。

古い着物をリメイクして着ることが流行った時代もあった。が、それは着物が嫌というより、着物を大切にしていた時代の念を無にする作法のひとつだったのかもしれない。

その後、私は改めて久留米絣を手に入れたけど――そちらはもうなんでもない、ただのリサイクル着物だった。

足袋

お正月といえば、晴れ着で初詣。

着物好きにとっては、着るのも見るのも楽しい時期ではあるけれど、少し違う話がしたい。

なぜなら本年（二〇一九）一月六日に、部分日蝕があったからだ。

いきなり無関係な話題で恐縮だけど、その日、私は戦々恐々としていた。

日蝕と月蝕には恐怖しか抱かないからだ。

ゆえに、見ない。光も浴びない。

日蝕が観測できるのは、日本では数年ぶりということで、天文ファンにとっては嬉しいイベントだったに違いない。

だが、日蝕月蝕の「蝕」は「蝕む」だ。

つまり、日蝕は大いなる力の源である日輪が、時ならぬ闇に蝕まれていく現象となる。

太陽は天帝、即ち天皇の象徴でもある。それが蝕まれて欠ける異常事態を、古の人は不吉とみなした。

陰気の象徴である闇は、禍を招き、厄を呼び寄せる。

そのため、古代の皇族や貴族たちは日蝕のときは屋内に籠もり、また、外では松明を明々と照らし、厄を祓う弦打を絶やさず、少しでも闇を減らして禍を減じようとしたのである。

無論、現代においての日月蝕は、珍しい天体ショーのひとつに過ぎない。

日蝕は月が太陽の前を横切るために、月によって太陽の一部が隠れる現象。新月に起きる。

月蝕は太陽と月の間に入った地球の影により、月が欠けて見える現象。こちらは満月のとき起きる。

理由は解明されている。

だから、恐れることはないというのが常識的な意見だが、果たして本当にそうなのだろうか。

神経質になるには、理由がある。

去年、二〇一八年一月三十一日は皆既月蝕だった。

蝕の始めは二十時四十八分。最大は二十二時二十九分。終わりは二月一日零時十一分。

その晩、私は外出していた。

友人たちとの新年会だ。

月蝕があるのは知っていたが、会食は夕方からだった。加えて、場所が自宅から近かったため、最悪、月蝕が始まってもタクシーで帰ってしまえばいいと、私は考えていた。

しかし、見込みは甘かった。二次会を断れなかったのだ。

もうこうなったら、午前様になるまで飲んで騒いでいるほうがいい。私はそう計算したが、これもまた予想に反して、二次会は十時過ぎにお開きとなった。

店から出て空を仰ぐと、漆黒の空に凄惨(せいさん)な暗褐色の月がかかっていた。

今まで月蝕を忌避してきたのは、単純に頭でっかちの迷信深い心からだった。

ゆえに万が一、月蝕を目にすることになったとしても、実際は「見ちゃった」程度ですむだろうと思っていた。

だが、爛(ただ)れたような月を見て、私は襟足がそそけ立つ恐怖を覚えた。

やはり、見るべきではなかった。

しかし、既にすべては手遅れだ。

私は急いで家に帰って、それこそ迷信深い心のままに、お祓いをして布団に入った。

(運気が下がったりするのかしら)

そんなことを思いつつ……。

閉じた瞼（まぶた）を上げたのは、眠りに落ちる前だった。

部屋の空気が変わった気がして、私は布団から半身を起こした。

明かりがあると、眠れない。ゆえに、寝室は真っ暗だ。

その空間の天井辺りを、淡い光を纏（まと）った何かが過（よぎ）った。

鳥。

正体が判明した途端、影は一層鮮明になった。

暗い緑や紅色の爆（は）ぜるような光点を纏った鳥が、空間をさっと横切っていく。

慌てて、寝室の外に出る。居間にも鳥の影がある。

大きさこそ様々だったが、奇妙に思ったのは、それらの姿が一様に南国の鸚鵡（おうむ）や鸚哥（いんこ）に似ていたことだ。

「鳥影（とりかげ）が射（さ）す」との慣用句がある。

これは障子や硝子（ガラス）越しに鳥の影が過ることを、来客の先触れと判ずる言葉だ。

しかし、こんな晩に来る客は、決して善いモノではないだろう。現実ではない鳥ならば、猶々（なおなお）不吉かもしれない。

そんなことを思う一方で、私はそのときまったく別の言葉に囚（とら）われていた。

（唐土の鳥）

一月七日、粥を食べるため、春の七草を刻むとき、唱えるべき詞がある。

七草なずな　唐土の鳥が　日本の土地へ　渡らぬ先に

地方によって歌詞や節に異同はあるが、ここで歌われる「唐土の鳥」とは疫病や災害の象徴だとされている。また、春に作物を食い荒らす害鳥だという説もある。

こういう言葉の真相は得てしてわからないものだ。

けど、もしかすると、ある種の禍は、ある種の人にとっては異国の鳥の姿で見えるのかもしれない。

家に入ってきた鳥は、外から壁を抜けて飛び、また、窓を抜けて出ていった。

だが、鳥の姿が消えたあとも、私は暫く呆然と部屋に立ち尽くしていた。

月蝕との関わりはわからない。

やはり「蝕」は恐ろしい。

ただ幸いにして、迷信深いからこそ、私は毎年、囃子詞を唱えて、七草粥を食べている。その年もそう。

（だから、大丈夫）

私は自分に言って聞かせた。

実際、その後、大きな災禍にも遭わずにすんだ。

しかし、それを見て以来、いよいよ日蝕月蝕が怖くなってしまったのは、仕方のないことだろう。

今年一月六日、蝕の始まりは八時四十三分と聞いていた。

前夜、私はいつもよりきちんとカーテンを閉め、部屋を真っ暗にして就寝した。

普段から昼夜逆転の生活を送っているために、早朝からの日蝕ならば、起きた頃には終わっている。

気象庁の情報によると、蝕の終わりは十一時三十六分。

休日の上、早起きをする予定もないから、のんびり寝ていればいい。

私は安心して寝床に入った。

——猫の鳴き声で、目が覚めた。

何を騒いでいるのかと、布団から抜け出して姿を捜すと、猫は鳴き声を上げながらダイニングをうろうろしている。

「どうしたの」

抱き上げて、私は時計を見た。八時四十五分。蝕の始まりだ。

閉ざされたカーテンに注意を向けると、窓の向こうでカラスが鳴き騒いでいた。

猫はその鳴き声に反応しただけかもしれない。が、動物たちは人より遥かに天地の異常に敏感だ。

私は猫を落ち着けて、そのまま一緒に布団に入った。

無論、カーテンの隙間から外を覗くようなことはしなかった。

翌日は一月七日。

いつもよりも気合を入れて、七草を刻んだのは言うまでもない……。


着物とは無関係な話をしたが、この話からもおわかりのように、私は迷信や言い伝え、庶民信仰を大切に思っている。

言葉にしろ物にしろ、古いものが形をとどめて後代まで伝わるということは、動かし難く消し去り難い何かがあるゆえだと考えるからだ。

着物も同じだ。

マイナーチェンジこそすれ、あの形が何百年も保たれているのも、皆がその形に大切な何かを見出しているからに相違ない。

私はそれらに敬意を払う。

古い物たちも、そんな私の気持ちを覚るのだろうか。

足袋

私の周りには、物も着物も幽霊も、古いものが寄ってきがちだ。

和服姿の幽霊の話は珍しくない。

当たり前だが、明治以前、日本人はほぼ百パーセント着物を着ていた。だから古い怪談や、古い時代の幽霊たちは、当然、着物姿で出てくる。

ただ、面白いことに、私は怪談の定番でもある白装束の幽霊を見たことがない。

霊などを見る人の話を聞くと、人によって見え方が随分違う。

例えば事故死者の霊ひとつ取っても、ある人は血塗れの無残な姿を見ると言い、ある人は傷のない、ただ寂しげな影だと語る。

白装束はまさに死装束だ。だから、それを霊として認識するということは、棺桶に入った死者を感じ取っていることになるのか。

幽霊本人はどう思っているのだろう。

霊は見せたい姿になって現れるとの説もある。

ならば、死装束で出てくる霊は、死者としての自覚があるのか。

その辺りはどうもよくわからないのだが、ともかく私は白い着物を着た幽霊の姿を見たことはない。

但し、思い返してみると、白足袋を履いた、人ならぬモノはときどき見ている。というか、着物を着た霊を見て、その足元が気になったとき、必ず足袋は白いのだ。

考えてみると、これも少しおかしい話だ。

足袋といっても、形や種類はいろいろある。

ひと昔前までは、素足に下駄も当たり前だった。

素足は主に東の好みだ。

鏑木清方の『築地明石町』という美人画では、紋付の黒羽織を着た妙齢の女性が、素足に下駄で描かれている。

格の高い紋付にも素足というのは恐れ入るが、『築地明石町』の着物は小紋。下駄は畳表に赤い鼻緒の「のめり」なので、普段着に羽織を引っかけた姿として描かれているのかもしれない。

着物が真実、日常着であった頃、素足は珍しくなかったのだ。

同じく普段着の場合、寒い時期には臙脂色や緑など、色付きの別珍の足袋も用いられていた。

もう少し詳しく記すなら、同じ足袋でも、関東と関西では形も好みも異なっている。

東は細身の足袋を好む。そして、足袋の底は足の裏より、ひと回り小さく作られる。皺ひとつなく履くのが良いとされるためだ。

小さい足袋をきれいに履くには、まず足先をきっちり入れて、底をぐっと引っ張るようにして踵を入れる。

これがなかなかの難物で、時間がかかるし、細かいところにもしっかり力を入れねばならない。気を抜くとすぐ、皺が寄る。

以前はうまく足袋が履けずに、母に随分叱られた。それでもコツが摑めない私に母は呆れて、遂に、化繊のストレッチ足袋を買ってきた。

それほど、東の人間は足袋の皺を嫌うのだ。

幸い、今はうまくなったが、それでも収まるまでは、かなりきついし、力も要る。この力仕事に耐えるため、東の足袋は頑丈な縫製で作られている。

そんな足に履く下駄や草履は、踵が一寸ほど出る小さなものだ。その鼻緒を突っかけて、東京の人は前重心でちゃっちゃと歩いた。

西の足袋は、足をふっくらと包むのが良いとされている。

なので、底が大きく、履くのも楽だ。そして履物は踵を出さない。鼻緒も東より長い。そこにきちんと足を入れ、なるべく踵が浮かないよう、摺り足で歩くのを良しとする。

もっと言うなら、小鉤の数も東西では好みが違う。

全国的な平均は四枚小鉤だが、西のこだわり派は五枚を好む。着物と足袋の間から、肌が見えるのを嫌がるためだ。

一方、東は四枚より三枚小鉤が粋だとされた。実際、見たことはないが、二枚小鉤を好む人もいるという。

高座や舞台に上がる人は五枚小鉤を好むけど、東は敢えて肌を見せるのだ。なぜなら、そこから覗く踝、素足の場合は踵と足先、それらの手入れが行き届き、磨き抜かれていることが、美しく粋であるとされたためだ。

男子の足袋にも色々ある。

特に気にするのは色だ。

元来、職人と商人は白足袋を履かず、主に紺足袋を履いていた。

白足袋を嫌う理由はもちろん、汚れが目立ちやすいからだ。

その感覚は、今でも伝統的な仕事に就いている人の間に残っている。

先日、襖の張り替えをお願いした経師屋さんが、雑談中にこう言った。

「私もそろそろ六十になるので、宴席などでは白足袋を履いてもいいいんじゃないかと思っているんですよ」

聞いて、正直驚いた。

いまだにそういう感覚が残っているとは、思ってもいなかったからだ。

彼のこだわりは職人ならではのものだろう。

そう。

翻って言うならば、男子の白足袋は労働から離れた旦那衆たちのもの。そして女性の白足袋もまた、礼服、晴れ着を着た人々や、深窓のご令嬢のものなのだ。

長広舌になったが、ここまで記せば、私がなぜ白足袋の幽霊を不審に思うか、わかっていただけると思う。

極端な場合、皺ひとつない東風の足袋だけが、階段を上がるのを見たこともあるのだ。

もっとも、かつて見たほとんどの白足袋は、視界の隅をサッと過るだけだった。記憶に残るのはむしろ、その人の立ち姿や着物の柄だ。

足袋の記憶のほとんどは、あとから「そういえば」と思う程度だ。

だから、見間違いかもしれない。

幽霊を見るのに見間違いもなかろうとは思うけど、現代における一般的な和装として、私の心理が足元に白足袋を求めているのかもしれない。

しかし。

ひとつだけ、忘れられない体験がある。

——近所に陰気な路地がある。

駅から自宅までの経路は何通りか存在する。路地はその中で私が一番、頻繁に使う道筋にある。

避けようと思えば可能なのだが、道筋自体は気に入っている。

車が少なく、緑も多く、猫の姿も結構ある。

ただ、件の路地から線路に抜けるまでの間が暗い。そこを通るときは気がつくと、いつも緊張している自分がいる。

多分、道沿いに廃工場を見るのが嫌なのだろう。

灰色のトタンで囲われた工場は、町工場というには大きい。けれども、この道を知って以来、人がいるのを見たことはない。

どれほど放置されたままなのか。

工場の一階は、一部がくり貫かれたような形の駐車場になっている。

車が三台ほどは入るだろうか。三方を壁で囲まれた空間は、昼日中でも薄暗く、打ちっ放しのコンクリートの床はひび割れている。

そこから顔を出す雑草も、うらぶれた感じを醸し出していた。

駐車場奥には、白く塗られた扉がある。通用口と覚しいが、これも、開いているのを見たことはない。

私はそこを通るたび、いつもその扉を見、いつも慌てて視線を逸らす。

どうして、そこに視線が行くのか。

理由は努めて考えない。

ろくなことにならない気がしていたからだ。

そんなある日。ある晩のこと、私はその路地を通って家に向かった。

夜は普段、幹線道路を使うのだけど、そのときは敢えて道を違えたのだ。

何日か前に、幹線道路で死亡事故があったらしい。

私はその事故を知らなかったが、道の先にはたくさんの花束が供えてあった。

死者を悼む気持ちに罪はない。

しかし、私はその花束の隙間からナニカが覗いている気がして、手前を曲がって路地に入った。

死者のための花束は、死者をそこにとどめることにもなるのだろうか……。

人気のない路地を辿りつつ、私はそんなことを考えながら、いくつかの角を曲がった。

そうして、ふと横を見たとき、廃工場の駐車場が目に入った。

通用口に視線が向いた。

いつもなら目を逸らして行き過ぎるのだが、そのとき、私は足を止めた。

違和感があった。

明かりもない駐車場は、ほぼ闇に包まれている。

その奥にうっすらと白い扉が浮かんでいる。

いや、形が違う。宙に白い座布団が、ぽかりと浮いているかのようだ。

なんだあれは、と思った瞬間、正体が明らかになった。

（お太鼓を結んだ帯だ、あれは）

和服を着た女が背中を見せて、通用口の前に立っている。

着物は黒い。帯は白い。喪服ではないが、喪服に見える。

肩から上は、闇に溶けているかのごとくだ。

生身の人間でないことは、見た瞬間からわかっていた。すぐに立ち去るべきだというのも理解していた。

けれども、足は動かない。

私はつくづくと背中を見つめた。

黒い着物は重たい縮緬のようだった。

白い帯は柄もなく、なぜか少し汚れて見えた。

女が白い足袋を履き、足袋裸足（たびはだし）でいるのも知った。

その爪先が奇妙だった。

体は背中を見せているのに、足先が——足先だけが、私の方を向いている。

(普通の幽霊じゃない)

もっと、魔に近いナニカだ。

闇に溶けていたはずの首がぼんやり見えた気がした。

ほつれ毛が衿に掛かっている。

その首はこちらを見ているのか、後ろを向いたままなのか……。

弾かれたように、私は逃げた。

暗い路地を本気で走って、角をいくつも曲がり、小さな公園に飛び込んで、憑（つ）いてくる気配の有無を探った。

女は憑いてこなかった。

私はそのまま家に戻らず、暫（しばら）くコンビニをはしごして、気を落ち着けてから自宅に戻った。

事故の花束に刺激され、神経が過敏になっていたのか。

それとも、たまたまそういうモノを見てしまう夜だったのか。

——異形の幽霊。

いずれにしても、そんなモノの足袋もまた白い。

彼らはその足元に、如何(いか)なる意味を込めているのか。

衣擦れ

幽霊が白足袋(しろたび)にこだわる理由は、生憎(あいにく)、計りかねるけど、和服全般を言うならば、私もそんじょそこらの幽霊に負けないほどのこだわりはある。

母の着物を前にして、私は新たに自分に合う帯(おび)や着物を揃えねばならないと考えた。とはいえ、すべてを新(さら)で揃える財力はない。そこで目をつけたのが、リサイクルとアンティークだ。

ただでさえ古いものが好きな私にとって、両者はうってつけの市場であった。しかし、困ったことも多々あった。

アンティーク着物は小柄な私に有利だが、それだってサイズはまちまちだ。

本来、着物は反物で買って誂(あつら)えるもの。そのために、袖を通していようがいまいが、どんなに高価な着物でも、仕立てたのちはただの「お古」だ。誰かの所有を経た品物と見なされる。

それゆえに安くなるのだが、丈や幅、腕の長さは人によって千差万別。ひと口に小柄な人向けの着物といっても、既製品のSサイズとはかなり異なる。

もっとも身幅は巻き方で、丈はおはしょりで調整できる。短いものなら、男子のごとく対丈で着てしまうという手もある。が、裄と袖丈だけは駄目だった。

畢竟、襦袢との兼ね合いだ。

私はそこにこだわった。

方法がないわけではない。

裄や袖丈の問題は、リサイクルやレディメイドの着物を愛用する人にとっては、お馴染だ。

袖の幅が狭いため、自前の襦袢が出てしまったり、買った着物の振りが合わずに、襦袢が中でたぐまったり、または短くて飛び出したりする。

ゆえに、襦袢が飛び出す場合は着物の振りを一カ所縫え、袖口から襦袢が見えるなら安全ピンで肩口を摘め。――そのように記す指南書も多い。

また、最近は筒袖状になっているレースの半襦袢を着て、袖丈を気にせず、着物を楽しむ話も聞くようになってきた。

しかし、私は嫌だった。

着物と襦袢がぴたりと合って、一枚の布の裏表のように見えないと、なんだか悲しい気持ちになるのだ。

袖口からはみ出すのはもちろんのこと、手を上げたときに着物の裏が覗いてしまうと貧乏臭いような気がする。

袂の振りも合ってこそ、だ。

襦袢の袖がたぐまるのは、いかにも合わないものを着ているという感じだし、着物の振りから短い袂が飛び出すなんて許せない。

もちろん、これは私個人の感覚なので、マナーでもルールでもないことはお断りしておきたい。けれど、私は着物からちらりと覗く襦袢の様が大好きなのだ。

人の着物を見るのはもちろん、自分で着るときもまた、派手な色柄や面白い長襦袢を身につけて、その上に地味な長着を合わせて、ひとりで悦に入ったりしている。

その上――これは母のこだわりそのままなのだが――私の着物は柔らかい染めの着物と紬とでは袖の長さが異なっている。

紬は柔らかいものより、一寸短い。普段着らしい動きやすさを出すためだけど、これに襦袢へのこだわりが重なれば、当然、紬用と柔らかもの用、二種類の襦袢が必要になる。

それらすべてをぴったり合わせて自己満足に浸るためには、どうしてもリサイクル着物をそのまんま着るわけにはいかなくなってくる。

また、くどくもうひとつ加えるならば、私の袖丈は一般的な一尺三寸より五分(ごぶ)短い一尺二寸五分。紬は一尺一寸五分だ。

身長がないゆえの工夫だが、そのために余計リサイクルの袖と襦袢は、合い難いものになっているのだ。

まったく困ったものである。

ちなみに、今まで誰かに袖の長さを指摘されたことはない。

気づいているのは、つきあいのある呉服屋のみだ。多分、他人から見れば、どうでもいいことなのだろう。

とはいえ、自分が楽しむために着ているのだから、誰も気にしなくたって可能な限り満足したい。自己満足だからこそ、妥協なんかしたくない。

……熱く語ってしまったが、何が言いたいかというと、襦袢の袖丈を直したいという、ただそれだけのため、私は呉服屋を訪ね歩くことにしたのだ。

時代劇ならば『お仕立て　洗い張り承ります』の看板を探したり、悉皆屋(しっかいや)を訪ねたりするところだが、今の時代、それらは呉服屋より数が少ない。

加えて、母の馴染だった呉服屋は既に廃業してしまっていた。

老舗(しにせ)でもなく、大手チェーン店でもない町の小さな呉服屋は、バブルが弾けた辺りから多くが左前となり、和風小物を扱ったり、中高年向きの洋服を並べてみたりと足掻いた挙句、いつのまにかシャッターを閉めた。

残念ながら、その傾向は今現在も続いている。

私が町の呉服屋に目を光らせるようになってから、既に数軒が姿を消した。

去年だったか、深川の方に残っている呉服屋の店主が、こんな嘆きを聞かせてくれた。

私は着物の上に着る「上っ張り」を探しに入ったのだけど……。

「上っ張り？　昔は置いてあったんですが、生憎、今は求める人がいないので置いてないんです。え？　この辺りなら、普段から着物の人も多いだろうって？　とんでもない。道を行く人を見てご覧なさい。一時間眺めていたって、着物の人なんて通りませんから。盆や正月の時期に、浴衣と晴れ着を見かけるのがせいぜいでしょう。朝起きて、当たり前に着物を着る人がいなくなってしまっては、うちみたいな呉服屋は先細りになるしかないんです」

苦々しい顔で語ったその店主もまた、洋服を着ていたことは付け加えておいていいだろう。

かつて市井の個人店舗が扱った着物は、何十万もする呉服ではない。銘仙やウールなど、本当の意味での普段着だった。それらの需要がなくなって、店はどんどん少なくなった。

　母の使っていた店も同じ道を辿ってしまった。

　思えば、呉服屋が店を畳んで以来、母の和服姿は減った。

　件の店は新たな呉服屋を紹介すると言っていた。しかし母は、億劫になってしまったのだろう。

　これもひとつのご時世だ。

　仕方ない。だけど、困った。

　袖直しにしろ、洗い張りにしろ、気軽に頼める場所がない。

　ただ、私はこのまますべての和服をリサイクルと母のものとで賄う無理も感じていた。そのため、これをきっかけに、あるいは物欲の言い訳に、様々な店の暖簾を潜った。

　正直なところ、単純に色んな着物が見たかったということもある。

　チェーン店から個人商店まで、呉服屋というのは悉皆屋とは当然ながら違うので、最終的には着物や帯を勧められる。

　それらを躱す駆け引きはかなり面倒臭かったけど、一番興味深かったのは店によって品揃えが随分異なる点だった。

　似たような訪問着でも、柄行や色味が違う。帯もまた、モダンで抽象的なものを好むところもあれば、重厚な古典柄を得意とする店もある。

老舗になると、それは一層顕著になって、何々屋好みというような色がはっきり打ち出されてくる。

今後、着物を誂えるなら、趣味に合う店を見つけて、丸投げしてしまうのもいいかもしれない。

そんなことを思うと同時に、私は店を巡るにつれて、自分の目を試されていることにも気がついた。

いいものですよ、と、反物を広げる呉服屋は嘘をついているわけではないだろう。だが、勧めてくるものは、店によって素人目にもわかるほどの高低があった。こちらが店を値踏みしているのと同様、店側も私を値踏みしているのだ。

私とて、まったくの初心者ではない。しかし、今までは漫然と親の言いなりに着物を着、憧ればかりを募らせてきた身の上だ。好きなばかりで、着物に詳しいとは言い難い。

だが、これからは自分の番だ。

(これは、目を鍛えねば)

特に新ものに手を出すならば、それ相応のお金がかかる。いつぞやの久留米絣のごとく失敗しちゃったではすまないだろう。

　そうならないためにはやはり、知識を深める他はない。

　着物ひとつに、何をそう大上段に構えるのかと思う人もいるかもしれない。けれども好きなものだからこそ、こちらも真剣に向き合いたい。

　勝負する相手は呉服屋であって呉服屋ではない。いいや、これは勝ち負けではない。何百年も続いてきた文様、染め、織り、伝統、技法……美しく愛（いと）しい和服そのものと相思相愛になるための学びだ。

　骨董や美術の世界では、その道を知りたいならばまず、一流のものに触れろと言われる。

　象徴的な物言いではない。

　例えば信楽（しがらき）の茶碗なら、実際にそれを見、手で触れて、肌合いや質感、重さ、ぬくもりの移り、光の加減による色の変化をじっくり何度も味わうのだ。

　一流のものを昼も夜も手放さず、見ずともそれを思い描けるようになるまで、品物に寄り添うといった話もある。触れられない品ならば、倍以上の時をかけ、何度も何度も、何度も見る。

　そうすれば、別の茶碗を見たときに、真贋（しんがん）はもちろん、手筋の良し悪しまで見抜けるようになると聞く。

大袈裟な話と言い切れないのは、とある呉服屋にて雑談を小耳に挟んだためだった。

馴染らしい女性客が、年嵩の店員に言葉を投げた。

「結城の良し悪しってわからないんですよ。地機の本結城だと出されれば、そうかなと思うんですけれど、高機との区別がつかないし、別の紬に結城の証紙を貼られても違うと言い切れる自信がなくて……。だから怖くて手を出せないし、第一、そんな人間が結城紬を着る資格なんかないような気がするんです」

危ういほどに素直な言葉は、店員を信頼してこそのものだろう。

思ったとおり、店員は微笑み、ごく誠実な言葉を返した。

「沢山見ることですよ。沢山見て、触って、手触りを確かめていくんです。私だって最初の頃は全然区別はつきませんでした。ところがですね、あるとき、突然わかるようになったんです。見た瞬間、これはいい結城だなとか、普段着向きだなとかね。先輩に聞くと、やはり同じように、長く扱っているうちに突然見えるようになると言いますね。だから、一枚でもいいから本物をお持ちになって、長くお召しになるといいですよ」

最後は上手い営業トークにスライドしたが、言葉は真実に違いない。

しかし、数多くの良い反物に触れられるのは、呉服を扱うからこそだ。一介の客には無理な話だ。

ならば、どうすればいいのだろうか。

まさか呉服屋に飛び込んで、最高級の大島を見せてくれだとか、人間国宝の江戸小紋を見せてくれなんて言えるわけがない。

悩んだ私は、結局、デパートの特選品売り場をこそこそ見て回ったり、催事場に気のないふりをして潜入したり、高級品を扱うリサイクルショップのウインドウに佇んだりして、日々を送った。

本も読んだ。

着物という文字さえ記してあれば、小説だろうが雑誌だろうが、手当たり次第という状態だ。

場合によっては、ルーペを取り出して写真を眺め、素敵な着物姿があれば、なんで素敵に思えるのか、首を傾げて考える。

実は当時、リサイクル品を買ったりしたものの、自分が何をどう着たいのか、まだわかっていなかったのだ。

着物なら、なんでも素敵に見えた。

しかし、それでも一周回って時間を置き、最初に買った着物の本を広げてみれば、少しだけ着物の良し悪しや物がわかるようになっていた。

母の着物に関しても、昔はわからなかったことも見えてきた。

どこで金を工面したのか、見当がつかないような高い着物もあれば、リーズナブルな帯をその高価な着物に合わせていたことも知った。

値段ではなく、合うものや着たいものをシンプルに考えていたのだろう。

これは難しいことだ。

高い着物を着れば、帯もまた格を合わせようと思いがちだし、出自もわからない気軽な紬に、作家物の帯を持ってくるのも度胸がいる。

よほどセンスに自信がなければ、できないことに違いない。だけど、翻れば自分の芯さえ通っていれば、何をどう合わせても構わないということだ。

つまりは自分が満足できて、あわよくば他人から素敵と言われる装いを目指す……言うは易く行うは難しではあるが、思うだけなら構うまい。

ともかく、着物着物着物着物、着物！

気がつくと私は寝ても覚めても、着物のことしか考えられなくなっていた。

水を得た魚どころではない。

私はこんなにも着物が好きだったのか。溺れても藁を摑まず、絹の糸を摑む勢いだ。

いや、着物自体にもう溺れている。

おかしい。

本当におかしい。

気づいたのは、いつであったか。それでも私の目も耳も、着物から離れることはなかった。

殊に、音は心にかかった。

衣擦れ、絹鳴りの音だ。

畳に着物を広げたときの葉擦れに近い幽かな音。帯を締めたときに出る清涼で微妙な高い音。

着物がそこにあるからこそ聞くことのできるこれらの音は、私を格別にうっとりさせた。

時には夢現でも、衣擦れの音が聞こえる気がして、さすがに精神を病んだのではと思い始めたある晩のこと……。

私はいつもどおり寝床に入った。

寝返りを打つと、衣擦れが聞こえる。無論、布団の擦れる音だ。私はそこから、うとうとと昼間広げた母の着物を思い出していた。

（あれはいい着物だ）

（衣擦れも、絹鳴りの音もよかった……）

そのうち意識は徐々に薄れて、私は眠りに入っていった。

どれほど、経ったのちだろうか。再びの衣擦れの音に目が覚めた。

かそけき心地好い音は、夢現のまま微笑を誘う。

まったく病膏肓(やまいこうこう)に入(い)るとはこのことだ。

しかし、なんと佳(よ)い音か。

私は目を開けた。

音が布団の外、枕元から聞こえてくると知ったからだ。

そっと視線を向けてみる。

――女性がひとり立っていた。

私は怖いより先に、その着物の美しさに目を瞠(みは)った。

たっぷりと袘(ふき)に綿(わた)を含んだ裾引(すそひき)が、床に緩く弧を描いている。

引き回した着物の裾には、見事な鏡裏の意匠がいくつか施されていた。

大きな鏡は花喰鳥(はなくいどり)を描いた八華鏡(はっけきょう)。小さな鏡は蜀江文(しょっこうもん)か。

夜目にも紛れぬ墨黒の地に、文様は染められ、金糸銀糸の刺繡で飾られ、それらが絶妙に配されている。派手ではない。言葉を探すならば、典雅か。

裲を飾る裾回しは砂色。そこから覗く緋の縮緬、あるいは紅絹の鮮やかさ。

帯は緞子の丸帯か。朽葉色の地に、浮かぶごとく、沈むごとくに細かい錆びた金色の文様が織り出されている。

なんて、美しい。

私は一瞬にしてそこまでの詳細を見て取った。

女性は見せつけるごとく、挑むごとく、ひと足進んで裾を返す。

（ああ、やはり白足袋だ）

夜に溶けた姿を追って、幽かな衣擦れが耳に残った。

私はこの音をずっと聞いていたのではなかったか……？

布団から半身を出して、私は肘で体を支えた。

正直、裾だけに気を取られていて、胸から上は見ていなかった。ゆえにその女性が如何なる顔つきや髪形をしていたかは憶えていない。

美しい人なのは間違いなかろう。

あれだけの着物を怖じることなく、当たり前につけたその影からは、何か小気味好いほどの潔い自信が漂っていた。

(本物だな)

私は思った。

具体的な言葉は思いつかないが「着物を着る」とは、ああいうことなのだ。

着こなすとも少し違う。似合うとも、やはり微妙に異なる。

──「着物に着られてはならない」

誰から聞いた言葉だったか。

どんなに高価なものであっても、その着物を従えられないならば、むしろみっともないという意味であったように思う。

その意味で、彼女は完璧だった。

鮎(あゆ)の帯留のときと同じく、着物熱に浮かされた私に呼び込まれたのか。はたまた、彼女が憑(つ)いていたから、あれほど着物を思っていたのか。

本当に着物が好きならば、私のように従えなさい、と?

「まったく、難しいことを」

私はぼやいた。

あんなモノが側(そば)にいたんじゃ、私のこだわりも強くなるというものだ。

いや、違う。

そこまで自惚（うぬぼ）れてはいけない。彼女は「姿勢」を示しに来たのだ。平たく言えば、「酒は呑んでも呑まれるな」。

お酒にも着物にも中毒性がある。どんなに好きでも、お酒は綺麗な呑み方をすべしと言われるのと同様、着物もまた身の丈に合った好きであれ、ということか。

まあ、そう結論を出してしまうと、少し悲しい気もしてくるが。

いずれにせよ、その姿を拝んで以来、狂ったようになっていた私の執着は落ち着いた。

もっとも、身の丈に合うものを着るなどという、殊勝な気持ちはあまり持てなかったけど……。

のちに調べたところによると、渋い色味の丸帯は明治時代に流行ったという。ならば、かの人は百年以上、昔の女性であったのか。

衣擦れの音はまだ、ときどき聞こえる。

そのたびに、私はかの人を思って心嬉（うれ）しく、我が身の着物に対しては少しばかりの不安を覚えるのだった。

糸

古の着物を着た霊が周囲に漂っているせいか、彼女の姿を見た前後から、私の気持ちは急速にアンティーク着物に傾いていった。

いや、何もかも心霊に結びつけることはないだろう。明確に意識するようになったきっかけには、いくつか現実的な理由がある。

今回はそんな顕界の話におつきあいを願いたい。

当たり前の話だが、貪るように着物を見、資料を漁った理由の八割は物欲だ。

欲しい、買いたいという気持ちがあるため、当然、値段も大いに気にする。上代ならこのくらい。リサイクルならこの程度。そんなことを頭に入れて、ものの値段がわかったつもりになった頃、気がつくと私は他人の和服姿に算盤を弾く癖がついていた。着物はいくら。帯はいくら。随分高い拵えだなとかリーズナブルなもの着ているなとか。

いやらしいこと、この上ない。

そんな己を知ったとき、私は自分を大いに恥じた。が、世の中には金額という物差しで着物を見る人も少なくない。実際、歌舞伎座(かぶきざ)で見も知らぬ人から、安い着物を着てくるなと怒られた人もいたと聞く。

そういう人は好みやセンスではなくて、すべてをお札の枚数で評価しているのかもしれない。

悲しいことなのはたしかだが、批判できる立場ではない。口に出すことこそなかったが、私も同じことをした。

値段と値踏み。

このふたつは、私が着物とつきあう上でのゆゆしき問題となったのだ。

昔から、ブランドものが好きではない。

特にひと目でそれとわかるマークやロゴの入った衣料は、印半纏(しるしばんてん)を身につけているように思えて心地悪い。

値段が推し量れてしまうのも嫌だけど、なんで高いお金を払って義理もない店の広告をして歩かねばならんのか。チンドン屋にしたいならそっちが金を払え、と、腹立たしくもなってくる。

一休(いっきゅう)(宗純(そうじゅん))さんのものとされる説話に、法要を頼まれた家に襤褸(ぼろ)を着て行ったら追い出され、金襴の袈裟を着て訪問したら招き入れられたという話がある。一休さんはその場で金襴の袈裟を脱ぎ、「用はこの袈裟に頼め」と言って帰ったとか。

人は見た目が九割などと言われるものの、ある種のブランド品を目にすると、私はこの話を思い出す。

しかし、それは着物も同じだ。見ただけで、ブランドや作家名のわかるものがある。そして知識が増えれば増えるほど、おおよその金額も見当がついてしまうのだ。

なんともいえず、鬱陶しい。

自分が誰かを値踏みするのも浅ましいけど、他人に自分が値踏みされるのも気持ち悪い。それ以上に、金額を気にするようになった己が嫌だ。

母から譲られた着物の中で、一時期、よく袖を通していた紬がある。しかし、あるとき、私はその紬が名もない品だと気づいてしまった。すると、なんとなく気後れがして、その着物を着る機会が減った。

――自分で自分の好きだった気持ちに、ケチをつけてしまったわけだ。

物がわかってきた喜びとは別口の苦い感覚が、そこにはあった。が、一旦頭に入った知識や価格が記憶から失せることはない。

鮎の帯留に出会ったとき、私は値段や作者も訊かず、帯留そのものに惚れ込んだはずだ。あのときの高揚感を私はもう得られない。

生半可な知識を得るというのは、純粋さを歪め、濁らせるのか。

もちろん、上質の着物は高価だし、その価値を否定する気はさらさらない。

例えば一反を仕上げるまでにひと月かかる着物なら、職人にはそれなりの対価が渡るべきだし、反物が問屋を通して小売店に行き着く頃には、倍以上になるのも仕方ない。

そう考えれば、高いけれども高くない。

けれども、私は高価なものが欲しかったわけではないはずだ……。

なんだかわからなくなってしまった。

そうして悩んで、改めてアンティーク着物を目にしたとき、私は救われた気持ちになったのだ。

無論、値段はある。けれど、アンティークの世界では、名もなき職人たちが純粋に美しいものを作り出そうと腕を競っていたからだ。

アンティーク着物と聞くと、大胆な柄や派手な色合いを思い浮かべる人も多いだろう。

それらも無論、アンティークと言って間違いない。が、派手な色は大正時代以降、化学染料が導入されてからのものだ。

草木染を中心としたそれまでは、手間もかかったし、彩度においても限界があった。そこに多彩でビビッドな色が手軽さと共にもたらされ、着物は一気に華やかになった。鮮やかなピンクや黄緑、紫。当時の染めを見ていると、新しい色が嬉しくって楽しくって、はしゃぐ心が伝わってくる。

色味に限りがあったからこそ、友禅染の柄は元々大胆なものが多かった。その大胆な柄を派手な色彩で表現するようになったのだから、百花繚乱の様相となる。

しかし、私は地味好みだ。そうなるとアンティークといっても、選ぶのは渋いものか紬になってくる。

初めて手にした本格的なアンティーク着物は、地模様の入った茄子紺色の錦紗縮緬に小さな雀が控えめに飛び交っている小紋だった。

昭和初期のものと聞いたが、私はまず、愛らしいその柄に惹かれた。

そうしてそれを手に取って、着物の軽さと生地の薄さに驚いた。

染めの着物といえば、しなだれかかってくるような縮緬しか知らなかった私には、心許ない気がしたほどだ。

それでも充分気に入ったので、袂の丈直しを頼んで購入を決めた。

やがて家に届いた着物を浮き浮きと広げ、しつけ糸を取る。

——糸は容易に抜けなかった。

抜こうとするたびに引っかかるのだ。短い糸を繋いだため、結び目で止まってしまうのか。

そうではない。引くたびに、生地がくっと糸を噛む。

つまり、

（糸が細い）

生地を織った糸が細いのだ。

ゆえに生地の目も細かくなって、しつけ糸が通りづらくなる。そして、そこまでの糸を使っているから、着物が軽くて薄いのだ。

のちに聞いた話によると、昔の蚕は今よりも小さかったため、吐く糸も細かったのだとか。しかし、お蚕さまの食べる桑の葉も今よりずっと堅かったので、細くとも丈夫だったという。

宮中の御養蚕所では、小石丸という蚕を育てている。

小石丸は奈良時代から飼育が始まったとされる種で、糸が非常に細くて強い。宮中で育ったその蚕の糸は、現在、正倉院宝物などの修復に使われていると聞く。

奈良時代の宝物には、奈良時代起源の糸というわけだ。

家蚕とはまったく違うらしい。ときどき目にするものとして新小石丸という蚕糸もあるが、これは中国種との掛け合わせだ。小石丸は飼育が難しいために一般には普及せず、私たちの手に触れる機会はほぼ存在していない。

目の前にあるアンティークは、無論、小石丸のごとき貴重な絹ではない。しかし、それでも現代のものとは異なっているように思われた。

羽織ってみると、軽さは一層際立った。裾に薄く綿が入っている。

なるほど。

打掛などの豪華な衣装には袘に綿が入っているが、その本来は生地が翻るのを抑えるための実用的な意味があったのか。

そんな推測をしたほどだ。

……まあ、今だからそう記せるものの、当時の私はその軽さが糸や織りの質から来るものなのか、着物が安物のペラペラなのか、正直、よくわからなかった。

(でもまあ、気に入ったんだからいいや)

私はいつもどおりの——漸くいつもどおりの「好き」だけの気持ちに戻って納得した。

糸と織りの差を実感したのは、沢山のアンティーク着物に触れる機会を得てからだ。

古いものになるほど軽い。柔らかい。それは紬についても同じだ。

話が前後するけれど、着物に前のめりになっていた頃、こんな言葉を耳にした。

「紬は育てるものですよ」

母から譲られた大島紬を、呉服屋に見せたときだった。

一疋物の反物を、長着と道中着とのアンサンブルに仕立てたものだ。本来は男物なので、色は濃く、柄は亀甲。地味ではあるが光沢があり、母の気に入りの一枚だ。

その裾回しが少し擦れたので、私は自分で見つけた呉服屋に洗い張りと仕立て替えをお願いした。

不思議なことに、同じ反物のはずなのに、道中着と長着では手触りや光沢が微妙に違う。着物のほうは柔らかく、驚くほど光っているのに、道中着はすべてにおいて、それより少しおとなしい。

なんでだろう。

疑問を口に出したとき、

「道中着は長着より洗い張りをしないですからね」

呉服屋は当たり前の顔で笑ったのだ。

泥染めの大島紬は繊維の隙に泥が残っている。その泥が摩擦や洗いを繰り返すことで落ち、絹本来の光沢と柔らかさが出てくるという。

年月を経るほどに、紬は着れば着るほどに、美しく着心地が良くなってくる。そうして最高の状態を迎えたのちに、布は力を失って着物としての役目を終える。

「それが紬というものです」

呉服屋は私に教えてくれた。そうして、母の着物を褒めた。

「とてもいい状態に仕上がってますね」

持ち主の体温や皮脂、身につけたり、洗い張りをするタイミングや頻度によっても紬の「仕上がり」は変わってくる。その人ならではの着物に変化する。

それを「育てる」という言葉を使って、呉服屋は表現したのだ。

「では、同じ大島を同じ年月私が着たら、違うものになるのでしょうか」

「そうですね。並べてみればわかる程度の差は出てくるんじゃないでしょうか」

聞いた途端、頭の中にひとつのアイデアがひらめいた。

我が家には仕立て下ろしたまま簞笥の肥やしになっている、結城(ゆうき)の着物が一枚ある。名の知られた織元の地機結城(じばたゆうき)で、いわゆる重要無形文化財。しかし、堅くて着心地が悪いと、母はほとんど袖を通さないままだった。

結城紬は、仕立てたばかりの頃は糊(のり)が強くてごわごわしている。そのため、数年間は女中に着させろとか寝巻にしろとか、三代着てから味が出るなどと言われた。

現在は技術も発達し、それほど堅くはない。しかし、母が買った昭和の頃は結城は堅いままだった。

紬を育てる——言葉に惹かれて、私は眠っていた着物を引っ張り出した。

そして単衣に仕立て直して、伝えられているとおり、寝巻として着用したのだ。

二年間。

最初の頃、着物は奴凧のように突っ張って、本当に着心地が悪かった。直には纏わず、パジャマの上に巻くようにして寝たのだが、生地が素肌に触れるところは擦られるため、結構痛い。厚い紙を折ったごとき、大きく太い皺もついた。

それらが時の経つほどに、体に馴染んで気にならなくなる。

着心地とは別の話だが、結城を寝巻にするという暴挙にも思える実験で、何より驚いたのは真綿紬の温かさだ。

夏は着られたものではないが、秋から春先、それから梅雨寒の時期、結城を纏って寝ている間は一度も毛布を出さずにすんだ。

真綿というのは木綿の綿が普及したのち、区別するため、絹の綿についた名称だ。

それはともかく、まさに真綿に包まれて寝る感触は、夜が待ち遠しくなるほどの贅沢な温もりを伴っていた。
このままずっと、毛布代わりにしたいと思ったほどだ。けど、それでは本末転倒だ。
二年二回目の春を迎えて、私はくたくたになった紬を期待と共に洗い張りに出した
(ちなみに次の冬、真綿入りの毛布を新調した)。
自分の肌と体温で育てた紬の結果や如何。
私は戻ってきた着物を広げた。
予想どおりに柔らかくて、ふんわりしている。二年前とは別ものだ。素晴らしい。
それをつけて外出すれば、会う人ごとに褒められて、エピソードを話すと驚かれ、
皆一様に面白がる。
私はすっかり悦に入った。
が、その自慢の鼻は翌年に、いとも容易くへし折られてしまった。
百年以上の時を経た結城に出会ってしまったためだ。
結城紬は高級品だ。
殊に撚りをかけない手紡ぎ糸を使用して、体で経糸を張って織り進む地機織りは特
に高価だ。

手間がかかるからこその値段だが、高額となった理由のひとつには、重要無形文化財に指定されていることも挙げられる。

俗に人間国宝とされる個人を除き、重要無形文化財とされる染織（せんしょく）には以下がある。小千谷縮（おぢやちぢみ）、越後上布（えちごじょうふ）、結城紬、久留米絣（くるめがすり）、喜如嘉（きじょか）の芭蕉布（ばしょうふ）、宮古上布（みやこじょうふ）、伊勢型紙（いせかたがみ）、久米島紬（くめじまつむぎ）。

指定年代順に並べたが、すべて昔ながらの手作業に依った高い技術を保持している。ただ、繰り返しとなるけれど、文化財指定をされたため、値が上がっていることも否（いな）めない。

実際、二〇〇四年に指定を受けた久米島紬は、それ以前のものに比べると、金額が跳ね上がっている。結城紬の指定は一九五六年。以来、安定の高級品だ。

噂で聞いただけの話だが、人間国宝と呼ばれる個人には、年に何反というノルマがあって、値付けにも規定があるのだという。それを嫌って、指定を受けない職人も存在しているのだとか。

つまり、国のお墨付きが価格に反映するわけだ。そのため、同じ結城でも、リサイクル市場では証紙の有無が値段に大きく影響する。

私が手にした結城紬は、指定を受ける以前のものだ。ゆえに金額としての価値はわからない。高級品だったのは確かだろうが、今の物差しでは測れまい。

唯一の尺度は年月だ。

百年の時を経た結城紬は、格別の味を持っていた。

その着物に手を触れた途端、私は驚きの声を放った。

柔らかく、軽く、経験したことのない手触りだ。手で握って皺を作っても、見ているうちに消えていく。

内に空気を含むのか、紬はふんわりとして、身に添うようで添わないようで、いつまでも撫でていたくなる。そうして生地に手を当てていると、掌はすぐに温もってくる。

(これが時間をかけて人の肌で作られた、結城紬の凄みなのか)

たかだか二年、寝巻にした程度では、正直、まったく太刀打ちできない。

「今とは糸が違うんですよ」

アンティークショップの店主が言った。

やはり糸か。

私は天を仰いだ。

これでは何年寝巻にしようと起き巻きにしようと、現代物は勝ち目がないではないか。

いや、我が家の結城も悪いものではない。しかし、即席ではどうにもならない。仕立てたばかりと二年を経たもの、そして百年の結城では、同じ種類の紬とは思えないほどの差がついている。

（うちの結城は寝巻に戻しちゃおうかなあ）

無論、そこまでの度胸はないが……。

「着てみませんか」

店主が言った。

促されるまま羽織ってみれば、一層、軽さが際立った。いや、着物をつけたほうが体が軽く感じるほどだ。着心地は、まさに恍惚。身につけているほどに、言葉にし難い愛おしさが湧く。

溜息と共に、私は言った。

「素晴らしい着心地ですね」

「日本の人は着心地を重視してきましたから」

店主は頷いた。

聞けば、外国人は生地の質感をあまり気にしないのだとか。ゆえに、絵柄やデザインを第一とする。けれど、日本人は肌触りだ。そのために、着物や帯に触れたがり、着心地が判断材料となる。

多分、外国の人にとっての着物は工芸品のひとつであり、自分が着ることとは、あまり結びつけていないのだろう。日本人は身につけるために選ぶのだから、着心地や布の良し悪しを気にするのは当然だ。

が、もしかすると、言うとおり、日本人は着心地にうるさいのかもしれない。殊に、楽に着ることに関しては、熱心だったのではなかろうか。

欧米の女性がきついコルセットから解放されたのは、二十世紀に入ってからだ。締めつけない服ができ、やがてユニセックスになり、女性の肉体は束縛から逃れた。

一方、浮世絵を見ればわかるように、日本の着物はぐずぐずで、はだけようがなんだろうが構わないことも多かった。しかし、戦後以降、洋服とは裏腹に、正しい着付けだの補正だのと言う輩が出てきて、着物はどんどん窮屈になり、実際、苦しいものになってしまった。ゆえに日常から遠のいて、私たちは普段着に洋服を選んだ。

現在の着物は、体を縛りつける悪しき布になってしまったわけだ。

だが、本当を言えば、スーツやフォーマルドレスのほうこそ、着物に比べれば窮屈だ。着付けのコツさえ摑んでしまえば、同じフォーマルでも着物のほうが断然楽。それに時にこなれた着心地が加われば、最強と言っていいだろう。

アンティーク着物万歳、だ。

しかし、自分が主役ではないフォーマルな場や祝いの席に出るときは、アンティークのような「お古」ではなく、現代物のほうが無難かもしれない。

第一、今の人が今のものを購入しなくては、すべての技術は先細りになる。のんびり構えている場合ではない。

実際、着物は絶滅の危機に瀕(ひん)している。

機を織るとき、緯糸(ぬきいと)を通すのに使われる木の杼(ひ)は現在、作り手がひとりしかいない。既にご高齢なので、このままいけば遠からず木製の杼は消えていく。糸を滑らせるための部品や回転器具である駒も、在庫限りという状況だ。

友禅染に相応(ふさわ)しい刷毛(はけ)も、既に入手困難だ。そして最近では、和裁に欠かせない「コテ」を製造していた、唯一のメーカーが廃業した。

日本の伝統文化は全般的にもうボロボロだけど、比較的求める人が多い着物ですら、最早、青息吐息なのだ。

伝統産業としての着物は、あと三年保(も)たないと断言する人もいる。

無論、過去の技術や国産のものが最高というわけではないだろう。

杼は金属でもいいかもしれないし、刷毛も代用が利くかもしれない。道具や職人すべてを海外に頼っても、良いものはきっとできる。だが、今ですら、昔とは糸が違うとされるのだ。そうなったら多分、着物はかつての「着物」とは異なったものになるに違いない。

櫛の歯が欠けていくように、染織を支える周囲から人や物が失せていく原因は、結局、そこまで金が回らない……昔ながらの技法に則った着物が売れないということに尽きる。

売れないから高い。高いから売れない。それを繰り返していけば、値段だけがどんどん上がって、着物自体は廃れていく。今、少しだけ活況を呈しているリサイクル着物の業界だって、元の着物がなくなれば消えていくのは必定だ。

それを阻止したいなら、買い支える以外にない。

微力ながら、私も心していく。そして手にした着物は新旧を問わず、疎かにせず、死ぬ前に誰かに託すつもりだ。

アンティークに憑かれたひとりとして、私の感じた恍惚感をも託したい。

そうでなければ百年後、昔の手業に感激し、時に熟れた絹に呻いて、「アンティーク着物万歳」と言う人もなくなってしまうから。

東と西

数年前、呉服屋に一本の帯を薦められた。

白地に墨一色で龍を描いた名古屋帯だ。

著名な作家の手になるもので、呉服屋は自信満々に「いいでしょう」と私に言った。

確かに素晴らしい帯だった。しかし、私はその図柄を見て、首を横に振らざるを得なかった。

「これは私には持てません」

呉服屋は驚いた顔をした。

「だって、五爪の龍ではないですか」

龍には格というものがある。

その格は珠を摑む手、あるいは脚の指の数で定まっている。

五つの爪を持つ龍は皇帝の象徴。四つの爪は貴族や高級官僚。三つの爪を持つ龍は、一般大衆のものとされる。龍を皇帝のシンボルとした中国における考え方だ。

無論、今の日本で、こだわる必要はまったくない。けれども元を辿っていけば、五爪の龍のデザインが分不相応だというのはわかる。何より、皇族でも貴族でもない自分がつけたら無粋に堕ちる――私はそう考えた。

呉服屋には、そのこだわりがよくわからないようだった。

私は曖昧に笑ったまま、帯から少し体を離した。

無粋という言葉を出したが、その対極は粋となるのだろうか。

着物に興味を持ってから、以前よりも「粋」という言葉に触れる機会が増えてきた。

しかし正直、私には粋というものがよくわからない。

いくつか、聞きかじった言葉は知っている。

「粋というのは目指した途端に粋ではなくなる」

これはなんとなくわかる。

自分が粋だろうと思って歩いていると、いやらしいとか気障ったらしいとか陰口を言われ、結局は野暮だと判ぜられてしまうのだ。

似たような悪口に「イキっぱなしで帰りがない」というのもある。

やはり目指した上にやりすぎて、みっともないとの評価のときに使われる。

(余談だが、東京の人に「いけ好かない」「気障ったらしい」と言われたら、最後通牒だと思っていい)

一方、「粋は地味のイキどまり」との指南を含んだ表現もある。

究極の地味が粋に通じるということだろうが、この塩梅も難しい。

例えば着物姿の人を十人並べても、一番地味な人がそのまんま粋とはいえないに違いない。浮世絵の姿をそのまま今に写しても、粋と思うかどうかは怪しい。

ただ、着物とその着姿に加えて、立ち居振る舞いや会話、表情、それらをすべて目に入れたとき、粋だなあ、と、思うことはあるかもしれない。

粋というのは残り香のようなものだと記したのは、杉浦日向子であっただろうか。

地味に傾き、無粋を排除するだけで、粋になれるわけではないのだ。

とはいえ、お洒落の最上位に粋を持ってくる東京人の感覚は――表層的ではあるものの、身近に漂っている。

今ではあまり言わなくなったが、昭和の頃は「伊達の薄着」という言葉をよく耳にした。伊達と粋では単語としての意味は異なる。が、この言葉を昭和一桁生まれの人は粋の近似値、野暮の逆として用いていた。

お洒落に見せたいのなら、どんなに寒くても綿入を着て歩くようなことはするな。スッとした姿でいろということだ。

私は寒がりなので、よく母親に小言を言われた。

「ぶくぶく着ぶくれて、あんたはホントに野暮ったいわね」

というわけだ。

現在では着物用のダウンコートも売っているし、素足に下駄なんてとんでもない話だし、薄着をしてクシャミひとつもすれば、そんな薄着で出歩くからだと呆(あき)れられるのが関の山だろう。

しかし、昭和のある時期までは、痩せ我慢も粋のカテゴリーだった。

同様の世代の人から、華美な装いの人に対して「あの人はお洒落狂女(しゃれきょうじょ)だからね」とか「お洒落狂女みたいな格好して」などという陰口を聞いたこともある。

『御洒落狂女』は明治から昭和戦前にかけて活躍した小説家、本田美禅(ほんだびぜん)の作品だ。内容は、奢侈(しゃし)禁止令の出た十一代将軍家斉(いえなり)の時代、華やかな衣装や髪飾りをつけて市中をさまよい歩く女性が、実は……という娯楽小説。

当時は人気の題材で、何度も映画になっている。美空(みそら)ひばりの主演作もある。

昭和二十七年（一九五二）に上映されたポスターを見ると、主人公を演じた花柳小菊(はなやぎこぎく)の装いは、変わり市松を大きく描いた錆朱色(さびしゅいろ)の大振袖に、青の濃淡で更紗(さらさ)らしき模様を表したお染帯(そめおび)。深紅の帯締(おびじめ)と帯揚(おびあげ)、深紅の襦袢(じゅばん)に深紅の鼻緒。中着(なかぎ)は大ぶりの描(かき)疋田(ひった)でやはり赤。胸元には筥迫(はこせこ)を入れ、手にはこれまた赤い巾着(きんちゃく)をぶら下げて、髪はビラ簪に鹿子絞りの手絡といった出で立ちだ。

派手であるのは確かだが、最近の浴衣やレンタル着物と比べると、髪形が盛りすぎに思える程度だ。振袖として見るならば、着物自体はおとなしい。時代における感覚の差だろう。

「お洒落狂女」に近いものとして「花電車じゃあるまいし」との言い方もある。

花電車というのは、お祭りや記念行事のとき、車体に造花や電飾、時には国旗を飾った電車のことだ。昔の写真を眺めていると、飾り立てた都電が「花電車」と称して写っていることがある。

伊達の薄着、お洒落狂女、花電車。

いずれもめっきり聞かないが、これらを並べてわかるのは、今で言うところの「盛る」ファッションを東京下町の人間が徹底的に馬鹿にして、嫌っていたということだ。だからこそ「粋は地味のイキどまり」という言葉も出てくるのだろう。

とはいえ、昔の着物や帯を見ていると、今の私たちが考える地味と、当時の地味は異なっているような気がする。

色こそ抑えているものの、小紋の柄ははっきりしているし、織りの着物も絣をはじめ、織り出し模様は結構、大胆だ。

無地場の着物におとなしい帯を合わせる現代のスタンダードのほうが、ある意味、よほど地味といえよう。最近は帯揚や帯締も、ニュアンスカラーなどという言葉を使った中間色が流行っている。が、ひと昔前は差し色を意識してのことか、その手の小物ははっきりとした色味や柄を持っていた。

盛った着物に陰口を言う女性らも、すべてが地味好みというわけではなかった。七五三や成人式の振袖などは、綺麗、可愛いと褒めそやす。

考えてみれば、十代の少年少女に粋という言葉は使わない。「可愛い」「綺麗」は若い人に。「粋だ」「美しい」は成人に対してしか用いない。

もっとも「粋」を「スイ」と読むと、ニュアンスはまったく異なってくる。

イキなお方は江戸風だけど、スイなお人との台詞を聞けば、西の空気を感じてしまう。また、通人は江戸東京にいる感じがするが、数寄者といえば、京都辺りを思い出す。

まあ、この辺りは九鬼周造の名著『「いき」の構造』においてすら、すっきりしないほど難しいので、これ以上は立ち入るまい。

着物において、京風の美を表現する言葉には「雅」「はんなり」というものもある。生憎、東京の粋もわからぬ私に、これらを解説するのは不可能だ。せいぜい女性らしく柔らかで上品な感じ、程度の理解だ。

こういう抽象概念を定義づけるのは至難の業だ。が、東と西の好みの差は、比べてみればなんとなくわかる。

いや、もう実際、東西の差は国を分けてもいいのではないかと思うほどだ。

文化全般色々あるが、和装に限って話をしよう。

足袋について記したとき、仕立てと好みの差を語ったが、足袋の仕立てが異なれば、当然、履物も違ってくる。

一番の差は鼻緒の長さだ。

下駄でも草履でも、着物の履物は台から少し踵が出るのが良いとされている。

私の感覚だと、例えば足の大きさが二十三センチなら、台の長さも二十三センチ。先端から三センチほど下がったところに鼻緒の前（前壺）がつくので、踵は二センチほど外に出る。

これを尺貫法で言い直すなら、鼻緒の前壺は履物の先端から一寸下がったところにつくため、踵が六、七分ほど出る、となる。

履物の採寸に使うのは曲尺であり、一寸は約三・〇三センチメートル。曲尺は建具や家具の寸法を測るときに用いるものだ。それを履物に使うのは、下駄の素材が木だからなのか。理由はよくわからない。

一方、着物の仕立てに用いられるのは鯨尺だ。こちらの一寸は約三・七八八センチメートル。

統一されないのは不便だが、もっと面倒臭くすると、足袋のサイズは文で測る。一文は約二・四センチメートル。

つまり、足のサイズが二十三センチの人ならば、足袋のサイズは九文七分。下駄や草履は七寸六分。それを着物の寸法に直すなら六寸ということになる。

あまりにややこしいので、最近は着物も履物もメートル法を使うところが増えている。しかし、和服の世界では尺貫法はまだまだ現役だ。長く着物とつきあいたい人は、覚えておいたほうがいいだろう。特に曲尺と鯨尺を間違えると悲惨なことになる。

話を戻そう。

履物は足のサイズどおりに作って、鼻緒をすげた分、踵が出るのが標準だ。

現在はしかし、それだと落ち着かない人が多いため、踵と履物の台座の尻がぴったり合う——靴と似たような感覚を好む人が増えたと聞いた。

台が大きくなれば、その分、履物は重くなる。下駄は靴より遥かに軽いが、草履の場合、素材や形によってはかなり重い。足も痛くなるというものだ。

けれども、台が小さいと踵が痛いという人もいる。

小さな履物で軽敏に歩けるというのはつまり、重心が前に寄っていて、足の指でしっかりと鼻緒を摑めなくてはならない。

もう少し詳しく言うならば、鼻緒は足指の間に奥まで差し込むものではない。奥まで入れて歩こうとすれば、当然、重みのすべてを親指と人差し指の二本で支えることになり、指は擦れて痛くなる。足の甲も擦れてくる。

靴ずれの和装版、鼻緒ずれだ。

そうならないためには足指を深く差し込まず、鼻緒を足先に引っかけて歩く。

余計なお世話ではあるが、鼻緒が痛い、踵が痛いという人は、少し自分の体軸、体幹に気をつけてみるのも一案だ。

……今回、どうも話が横道に逸れる。

東西の履物の差異に話を戻すと、東京の人たちは標準よりも、多めに踵を出す傾向がある。そして関西では少なめだ。

これは体軸の問題ではなく、美しいとされる歩き方が違うためだ。

同じく『足袋』の章で記したが、関東人はせっかちなせいか、やや前のめりに歩いていく。西の人は踵を浮かせないようにして、小股でゆったりと歩く。

その差が履物の台のみならず、鼻緒の長さにも及んでいる。

なるべく踵を浮かさずに、それでいて履物を引きずらないで歩くには、足が履物から離れないようにしなくてはならない。そのため、西のものは鼻緒を長くして、足の甲に渡している。

よくわかるのが下駄の鼻緒だ。

二枚歯の駒下駄(こまげた)を持っている方は、確認してみていただきたい。関東仕立てなら、前の歯と後ろの歯の間に二つの穴がある。関西仕立てなら、踵寄りの歯の後ろで鼻緒を留めているだろう。

もっとも、最近は台が大きくなっているため、東京の下駄でも鼻緒が後ろにつくことが多くなってきた。人の歩き方が変われば、差異もなくなっていくわけだ。

長襦袢(ながじゅばん)の仕立て方も、関東と関西では違う。

関東では通し衿仕立て(とおしえりじたて)と言って、首回りから裾まで、一本の衿を通した仕立て方をした。一方、関西仕立ては着物のように衽(おくみ)をつけて衿をつける。こちらは別衿仕立て(べつえりじたて)とも呼ばれる。

使う布の量が少ない関東仕立ては、裾さばきは良いのだが、はだけやすいという欠点がある。関西仕立ては、深く衿が合うのではだけにくい。太っている人や胸の大きな人は、こちらのほうがいいらしい。

しかしこれも、差はなくなりつつあり、今の主流は関西仕立てだ。

実際、昔、親が作った長襦袢はすべて関東仕立てになっているし、ここ数年、私が誂(あつら)えた長襦袢は、東京の呉服屋に頼んでも関西仕立てで仕上がってくる。

慣れれば、どちらでも不便はないので、自分の好みや体形で選べばいいということだろう。

ただ、関東仕立てがはだけやすいというのは面白い。

鼻緒の長さもそうだけど、東京の人は着物や履物を肌から離すことにこだわりがないようだ。開放的といってもいいかもしれない。片や関西は、着衣で体を包み込むことに安心感を覚えるのだろうか。

いや、着姿に関してはそうともいえない。

西では元々、長着は裾をすぼめずに、腰からまっすぐ下に落とすような着付けをしていた。この着方をすると、目視では裾が少し広がって見える。裾をすぼめて、下半身を緩い逆三角形にするのは東京風だ。

この差は襦袢などと違って容易に目につくために、昔は東西の人を見分ける手だてにもなったし、互いの悪口の種にもなった。

「唐傘(からかさ)みたいに裾を広げて」と言うのは東京人。「東京では下から雨が降るのか」と嗤（わら）ったのは京都の人だ。

全国に展開する着付け教室の影響で、これまた画一化しているが、つい最近まで
そういった陰湿な陰口は残っていた。怖い怖い……。

ここまで来たらもうひとつ。帯についても記しておこう。

帯の巻き方にも、関東巻き関西巻きという言葉がある。

帯を腰に巻いていくとき、時計回りにするか反時計回りにするか。その違いを関東
巻き関西巻きという言葉で表すのだ。

ただ、この言い方に関しては、実は統一されていない。

なんとなく様子を眺めてみると、それぞれの地域の出身者が巻きやすいと思った方
法を、出身地に近い言い方で呼んでいるように思われる。だから、どちらでもいいし、
下手に決めつけると異論を招く。

ゆえに東西で分けはしない。が、今は反時計回りで帯を締める人が多数だ。

着物は時計回りに合わせるので、本来ならば、帯も時計回りに締めたほうが崩れない。
反時計回りだと、衿が開きがちとなり、下手をすると着崩れる。

にもかかわらず、反時計回りが多いのは、これが右利きの人にとって締めやすい方
向だからだろう。

まとめると、現在、鼻緒の長さと長襦袢の仕立ては関西風、着付けそのものは裾つぼまりの関東風が主流となっているわけだ。

情報と流通によって、東西の差はどんどん失（う）せてしまっている。不毛な貶（けな）し合いはゴメンだが、文化が均されていくのはつまらないし、もったいない。

けど、それでも厳然とした差が残るのが、着物の好みだ。

——東西の着物の好み。

これまた厄介な問題だけど、うまく言い表せないまでも、わかる人は多いだろう。

両地域の差を考えるとき、私がいつも思い出すのは上村松園（うえむらしょうえん）と、以前にも登場した鏑木清方（かぶらききよかた）だ。

京都で生まれ育った上村松園。東京神田生まれの鏑木清方。両者は共に明治から昭和まで活躍した日本画、美人画の大家だ。

そのふたりが描いた少女の姿に、私は明確な美意識の差を感じ取る。

上村松園の作品は『娘深雪（むすめみゆき）』。

描かれた少女は、花が溢（あふ）れるごとき馥郁（ふくいく）たる愛らしさを持（じ）している。

たっぷりとした黒髪は下げ髪に結われ、鹿子絞りの中振袖は珊瑚色（さんごいろ）。その袂（たもと）と裾には鮮やかな翡翠（ひすい）の色で葦（あし）が描かれ、葉の一枚一枚に金色の水の輪が施されている。

帯は大振りの縞（しま）を青藍の濃淡で染め分けて、そこに愛らしい八重菊が着物に揃えた珊瑚色で描かれる。白い半衿には多分、白の刺繍（ししゅう）。中着は薄浅葱（うすあさぎ）。そして長襦袢は白地に深紅の横縞だ。

作品の題材は浄瑠璃『生写朝顔話（しょううつしあさがおばなし）』で、深雪は芸州岸戸藩（げいしゅうきしど）の家老である秋月弓之助（あきづきゆみのすけ）の娘。恋を知り初めたお姫様の初々しさと清楚（せいそ）さがすべてに漂っている。この絵を見て、何よりも感じるのは豊かさだ。

鏑木清方は『一葉女史の墓（いちようじょしのはか）』という作品で、娘を描いている。

樋口一葉（ひぐちいちよう）の墓石にもたれかかる美少女は、水仙を抱いているところから『たけくらべ』の美登利（みどり）とされている。

美登利は吉原の遊女を姉に持つ、勝気な少女だ。華奢（きゃしゃ）な首筋や手首には、思春期の少女特有の危うい色香と、痛々しいまでの透明感が宿っている。

着物は深雪と同じく中振袖。白地に黒の三筋格子（みすじごうし）で、間を走る深紅の線が利いている。

砂色の裾に袘綿（ふきわた）が入っているところを見ると、紬（つむぎ）ではなく小紋（こもん）だろう。

帯は見えない。袘と同じ砂色の地に煤竹色（すすたけいろ）で縞を描いた、前掛を締めているためだ。

目につくのは長羽織（ながばおり）だ。柳鼠（やなぎねず）という色か、青みを帯びた灰色の地に、これまた微妙な錆納戸（さびなんど）と覚しき色味で、伸びやかかつ手の切れそうな葦を描いて、間を写実的な蜻蛉（とんぼ）が飛び交う。

足元は、素足に黒漆のぽっくり。その鼻緒と、黒繻子（くろじゅす）をかけた衿元、袖から覗（のぞ）く緋色の襦袢のみが華やかだ。

題材も違えば、身分も異なる娘の姿を並べて語るのはどうかと思うが、差はあからさますぎるほどだ。

両作品共、着物の柄に華を選んでいるのだが、『娘深雪』の華から感じ取れるのは瑞々（みずみず）しい生命力。『一葉女史の墓』の美登利のほうは、同じ生命力でも野性味がある。

まったく、何もかも違う。

殊に際立つのは、色選びだ。

これは現在も変わらない。

東京の銀座には、老舗を名乗る呉服屋が多く揃っている。

呉服屋巡りをしていた当時、私は京都に本店を持つ店と、東京生え抜きの店の前に立った。

たしか、夏も終わりの頃だったと記憶している。

そのときたまたま、ふたつの店は秋草を配した浅葱色の訪問着をウインドウに飾っていた。

最初に見たのは京都の店だ。私は純粋に綺麗な色だな、と感心した。そして次に東京の店の前に立ち、思わず目をしばたたいた。

同じ色味だが、まったく違う。

東京のそれは、少しだけだがくすんでいる。

私は京都の店に戻った。東京を基準にするならば、こちらはひと色華やかだ。

友禅（ゆうぜん）ならば、東京の老舗でも、西から取り寄せているはずだ。それでも、選ぶものは異なる。

そして東京で育った私は、どうしてもひと色くすんだ東の色により強く惹（ひ）かれてしまうのだ。

「西の着物は東アジアだよ」

東西の差を、そう表現した人もいる。

関西の色味や柄行（がらゆき）は、大陸や朝鮮半島の影響を多く受けているというわけだ。

確かに色味や図柄、その華やかさにおいて、西の着物は中国や韓国の民族衣装と共通するものがある。もっとも、着物自体、起源のひとつに漢服（かんふく）を持つ。似ているのは当然だろう。

では、東の好みはなんなのか。

日本から北を眺めれば、華やかなロシアの衣装に到達する。北海道アイヌの民族衣装は紺と白が印象的だが、ビビッドな赤や大胆な文様を思うと、ロシア的に見える部分もある。

となると、際立つのは、関ヶ原で分けた関東から東北までの間となる。江戸好みとも呼ばれるあの渋さは、一体どこから来たのだろう。どうして、ここまで違うのか。

古裂の最たるものとして「襤褸」と称されるジャンルがある。が、庶民の工夫によって作られた継ぎ接ぎだらけの布ですら、東北の襤褸と近江の方に残る襤褸ではまったく味が異なっている。

髪形も違う。同じ島田髷でも江戸と京都、大阪ではそれぞれ形が違う。

それから帯締の好みも、お太鼓の大きさも、伊達締の素材も……。

もうやめよう。言い出すと本当に切りがない。

――さて。

ここまで雑に関東関西と語ってきたが、記してきた関東は主に江戸東京だ。一方、関西はなんとなく京都を目当てにしてきたが、西の方にはもうひとつ、大阪という中心がある。

同じ西でも、ふたつの地方はまた、好みが異なっている。

印象の話となるが、京都の和服は品格を重視しているような気がする。質の良い、柔らかな色味の訪問着や、どっしりとした西陣織（にしじんおり）の袋帯（ふくろおび）を目にすると、如何（いか）にも京都の産だと感じる。

大阪の着物は少し違う。良い着物は純粋に贅沢（ぜいたく）だ。

これは商人（この場合はあきんどと読むべきか）を中心として、大阪が発展してきたためだろう。

大阪ファッションといえば、ついヒョウ柄と言いたくなるが、彼（か）の地の和服は地味とは言い難いものの、格式に囚（とら）われない楽しさと、おっとりしたおおらかさがある。

大正から昭和初期にかけて、この地域では散歩着というものが流行った。

大阪の町人文化の中心地である船場（せんば）、そこの大店（おおだな）の女性たちが愛用したとされる着物で、プロムナードとの別名もあるとおり、ある意味、散歩着はハイカラだ。

特徴は全体が小紋柄、上前（うわまえ）が絵羽（えば）となっていること。錦紗縮緬（きんしゃちりめん）や綸子（りんず）など、地模様の入った生地に凝った柄（変わり縞や格子が多い）を染め付けて、裾にテーマ性のある花鳥を施す。手法は刺繍、染め、絞り、なんでもござれだ。

ともかく楽しく美しい。礼装ではないが、普段着でもない。この本当のお洒落着で、船場のお嬢様方は観劇や食事に出かけていったのだ。

アンティーク着物を見ていると、この散歩着をはじめ、いかにも西から流れてきたと覚しきものによく出会う。

着る側として、そのほとんどは好きか嫌いかだけで終わるが、中には素敵だと思うものの、手を出すにはちょっとした勇気が必要なものもある。

大丈夫かな。私が着ても大丈夫かな。東京で着てもいいのかな、といった迷いが生じてしまうのだ。

東京という風景の中で浮かないかという心配と共に、東京人である私の肌に合うのかどうかといった不安だ。

「それ、なんとなくわかります」

私の話に頷(うなず)いたのは、アンティークショップの店主だった。

「以前、扱った着物の中に印象的なものがありましてね」

古いながら状態もよく、生地も染めも見事な品で、店を訪れる人のほとんどはその着物に惹きつけられたという。

しかし、どういうわけか、その着物を購入する人は現れなかった。

価格が高いせいかもしれない。

店主は考えたものの、高価な着物は過去にも扱っている。金額的な躊躇(ちゅうちょ)と今回は、どこか異なっているように思えた。

そのうち、着てみたいという女性がぽつぽつ現れてきた。

鏡の前で試着をすると、皆一様にうっとりする。しかし、着物を脱いだあと、これまた一様になんとなく首を傾げて帰っていく。

やがて、そのうちのひとりが言った。

「すごく良い物なのはわかるんだけど、少し着ているとなんていうのかな……ギュッとね。着物がこっちを締めつけてくるような気がするの。体が動きづらくなる」

着付けの問題かと思ったが、そうではない。

店主はその場でもう一度、女性客に着物を着せた。過去に何千もの人に着付けをしてきた自分である。緩く着せるコツは摑んでいる。だがやはり、暫く（しばら）するうちに女性は苦しいと訴えた。

「仕立てに不備があるのかなとも思ったのですが、それからまた暫くした日に、ひとりのお客様が、こう言ったんです」

――この着物は多分、京都の方のとても格の高い家から出てきたものよ。だから、着る人を選ぶのよ。

「言われたときは単にびっくりしただけでした。でも、あとで思うと、その方は物の来歴が見える能力を持っていたのかもしれません」

店主はしみじみとした口調を作った。

着物が人の手に渡ったのは、季節が変わってからだった。

「年に数回、寄ってくださるお客様がいらっしゃって、その着物を買っていったんです。少し心配だったので、次にその方が来店したとき、着心地を訊いてみたんです」

如何(いかが)でしたか。

そうすると、

「肌に馴染(なじ)むみたいに着心地がいいわ」

客は満足げに頷いたという。

「……お客様は京都の方で、実はとてもお金持ちの奥様なんですよ。そして、思い出したんです。京都の方の格の高い家から出てきた着物だから、着る人を選ぶと言われたことを」

多分、私がお金持ちでも、その着物は手には負えなかったに違いない。京都出身の東京暮らしの人でもダメだったのではなかろうか。

以前にも語ったとおり、選ぶのは着物だ。人ではない。

その着物は京都の人の身を包み、京都らしいコーディネートと着付けで、京都の町を歩きたかったに違いない。

東西の差がはっきりしていた時代のアンティークなら、思いは尚更強かっただろう。

(きっと東京の店にある間、着物も居心地が悪かっただろうな)

下から雨が降るような着付けは堪忍してくれと、癇癪を起こして、着る人を責めていたのかもしれない。

想像すると、少しおかしく、そして少し気の毒になる……。


いやはや、東西の着物だけで、ここまで話が長くなるとは思わなかった。

県民性を語る企画が絶えないのも納得だ。

お国贔屓。お国自慢。こんなに狭い国なのに、譲れないこだわりがある。そのこだわりは人のみならず、着物そのものにも及ぶのだ。そうして、そのこだわりが怪談を生むこともある。

現在、私の簞笥には京都から来たアンティーク着物が入っている。

手に入れてから数年経つが、まだ一度も袖を通していない。毎年、季節を逸してしまうだけなのだけど……本当に、理由はそれだけなのだろうか。

※　記した着物の色目は図録やウェブの画像を参考にしたため、実際の作品とは多少異なる可能性があります。ご了承ください。

帯

今まで怖い話や不思議な話をぽつぽつと語ってきたが、どういうわけか、帯にまつわる怪談はない。

体験者が周りにいないというだけなのかもしれないが、長着が人の情念を写し、時には意思を持つかのごとき振る舞いをするにもかかわらず、帯はどんなに古い物でも驚くほどさっぱりしている。

皆無というわけではない。

過去に目を転ずれば、それらしい話は残っている。東京都千代田区五番町には「帯坂」という坂がある。

切通し坂との別名を持ったこの坂は、寛永年間（一六二四～一六四四）に市ヶ谷御門に抜ける切通しとして造られた。

だが、所在地である「番町」から既に割れているとおり、切通しとしての史実より、怪談『番町皿屋敷』所縁の地として知られている。

『番町皿屋敷』は日本三大怪談に数えられるものなので、くどい説明は必要なかろう。

青山播磨守主膳の腰元であるお菊は、家宝である十枚揃いの皿の一枚を割ってしまう。主膳はお菊を責め、皿一枚の代わりにと中指を切り落として監禁する。絶望した菊は隙を見て、古井戸に身を投げる。その後、夜になると井戸の中から「一枚……二枚……」と皿を数える声が響いて、主膳は錯乱。やがて公儀の耳にも入り、家は取り潰しになる、という噺だ。

この怪談は『播州皿屋敷』をはじめ、類話が全国に存在する。考証すると元祖本家争いのようになってしまうので、深入りはしない。が、千代田区番町帯坂の名は、お菊が髪を振り乱し、帯を引きずりながらここを通ったという伝説から名づけられている。生憎、現在は風情もない舗装道路で、坂の上に立つ標識から往時を偲ぶほかはない。

また、帯そのものの怪異でもない。

江戸時代、鳥山石燕の手による『今昔百鬼拾遺』という画集には「蛇帯」という妖怪が出てくる。

『博物志に云、人帯を藉て眠れば蛇を夢むと云々されば妬る女の三重の帯は、七重にまはる毒蛇ともなりぬべし　おもへどもへだつる人やかきならん身はくちなはのいふかひもなし』

――帯を敷いて寝ると蛇の夢を見る。嫉妬する女の帯は毒蛇にもなろうか。

帯を生き物に喩えるならば、蛇以外にはないだろう。

しかし帯を敷いて眠るとは、余程とっちらかった狭い家に住んでいるか、着物も畳まない無精者だ。

粗末に扱うから、怒った帯が蛇となって夢に出るのだ、と私なんぞは思ってしまうが、夢占いでは蛇は金運のシンボルでもある。もしや石燕が引いた博物志は、金運アップのマジナイとして帯を敷いて寝ることを記したのではなかろうか。

ともあれ、石燕は蛇を嫉妬の象徴として記している。

同じく『今昔百鬼拾遺』には「機尋」という妖怪もおり、こちらは戻らない夫を恨んだ女が織りかけた機を断ったところ、布は機尋（一尋は六尺。約百八十センチメートル）の蛇と変じて、夫の行方を捜し求める……というものだ。

機尋は帯ではなくて反物だけど、長い布ということで変化も解釈も似通っている。

長い布の妖怪で有名なのは一反木綿だ。

『ゲゲゲの鬼太郎』シリーズの人気キャラクターでもあるこの妖怪は、アニメや漫画では、先細りの布につり上がった目と小さい手のついた姿で描かれている。しかし元々は長い布がひらひら飛んで人を襲い、首を絞めたり窒息させたりという、かなり物騒な存在だ。

一反木綿の伝承地は鹿児島県肝属郡高山町（現町名は肝付町）。柳田國男が『民間伝承』「妖怪名彙（四）」にて紹介している。

その考証はさておくとして、興味を引くのは妖怪の名だ。

「一反」の「木綿」。これは気になる。

一反の標準は幅約三十七センチ、長さは約十二メートル五十センチほど。着尺即ち着物一枚が作れる寸法で、一反木綿はその長さを持つ木綿の布の妖怪となる。

木綿が国内生産され始めたのは、十五世紀末から十六世紀中頃、即ち戦国時代末以降だ。永原慶二『新・木綿以前のこと──苧麻から木綿へ』（中公新書）によれば、文亀二年（一五〇二）、武蔵国越生郷上野村聖天宮社に「木綿一反」を奉納したという棟札が残っているという。

つまり、当時の木綿は神に捧げるほどの高級品であったわけだ。

木綿がなかった頃、庶民の着物は麻や葛布などがほとんどだった。木綿は乾きにくいため、屋外で働く人には不向きな衣料だ。さりながら、麻よりは遥かに温かい。ゆえに綿栽培と綿織物は、急速に全国に広がっていった。

明治になると国策によって綿布の生産は強化され、輸出量は世界一となる。そして太平洋戦争で物資が不足してくると、今度は自給自足的な用途で綿の栽培が盛んになった。

凋落（ちょうらく）したのは敗戦後だ。戦後、アジア産の安価な綿布が広まったため、生産は減少して輸出も減り、統計上、現在の国内自給率はゼロパーセントとなっている。

柳田國男が一反木綿の伝承を記したのは昭和十三年（一九三八）。氏が記録した一反木綿は、一体いつからいたのだろうか。

その妖怪の名が最初から一反木綿と呼ばれていたなら、江戸時代以前には遡（さかのぼ）るまい。しかし綿織物が始まったごく初期に出現していたならば、妖怪は神に捧げるほどに尊い品の名を冠していたことになる。柳田が唱えたごとく、一反木綿に零落（れいらく）した神の面影を見て取ることも可能だろう。

だが、木綿が全国に普及したのちに名づけられた怪異なら、妖怪としての格は落ちる。

九州農政局のホームページ「地域のコラム」にはなぜか、一反木綿の話が載っている。

「大隅肝属郡方言集（野村伝四著、柳田国男編、昭和16年刊）、肝付町立歴史民俗資料館等によると、元々肝付町は武家の出が多く、布が豊富にあり、合戦で負けた落ち武者などをかくまう気質があった。また、元来亡くなられた武士の墓（土葬）に木の棒を突き立て、それに木綿の白い旗を立てて弔う風習もあった。そこで、その布に武士の無念が乗り移り、付喪神（つくもがみ）として一反木綿となり、人々の首に巻きついたり顔を覆ったりして窒息死させたり、巻かれた反物のような状態でくるくる回りながら素早く飛来し、人を体に巻き込んで空へ飛び去ってしまうという伝承が生まれたとのこと。」

前述どおり、木綿生産は戦国時代末に始まった。

ゆえにこの時代の鹿児島において、落ち武者の墓に木綿の旗を立てて弔うほど、「布」が豊富にあったかどうかは疑わしい。多分、もう少しのちの時代、一般の武士を弔うために木綿旗を立てたのを混同したのではなかろうか。

いずれにせよ、『百鬼夜行絵巻』をはじめ、妖怪たちが描かれたのは十六世紀になってからだ。

一反木綿もそれ以降。もしかすると綿織物が一番盛んであったとされる明治辺りに現れた妖怪であった可能性もある。

……いつもながら、話が大きく逸れてしまった。

帯は最初から体に巻くものとして存在する。その長さのために蛇となり、同様に長い布である一反の布や織りかけの反物も巻きつき、また蛇と化す。

まったくシンプルな想像だ。

しかし石燕が「蛇帯」にて記した「女の三重の帯は、七重にまはる毒蛇とも」云々という語句は解せない。

美空ひばりの『みだれ髪』にも「春は二重に巻いた帯　三重に巻いても余る秋」との歌詞が出てくるが、着物を着る人ならば皆、大袈裟すぎると思うだろう。

三重に巻いて余るなら、最早、骨しか残っていまい。もしや、これこそ怪談なのか。

長い袋帯であっても三重に巻いて余ることはないし、そんな太巻きみたいに巻いたら、結んで形も作れない上、鬱陶しいことこの上ない。

恋に窶れた女を表す慣用句として、帯が三重に回るという定型表現があるのだろうか……。

帯の長さは大体のところ決まっている。

男性用は措いておくとして、丸帯と袋帯は四メートル三十センチ前後、名古屋帯は三メートル六十センチ前後。幅は共に八寸つまり約三十・四センチメートルだ。

江戸時代以前の帯は、今の半幅帯より細かった。それが髪形にボリュームが出るにつれ、帯も太く長く、豪華になっていったのだ。

ゆえに現代の髪形ならば、細帯に直したほうがバランスがいい気もするのだが、帯の形状に変化はない。

結び方も随分変わった。元々はただの紐だったため、昔の帯は前で結んだ。その幅が広くなり、動きづらくなったのだろう。帯の結び目は背中に回った。

だが、背中に回っても、結び方は今とは異なる。

現在、スタンダードとなっているお太鼓結びが出てきたのは、幕末に江戸亀戸天神社の太鼓橋が再建されたときだ。渡り初めをした深川芸者が、橋の形に似せて結んだのがお太鼓結びの始まりだ。それが流行って、あっという間に日本全国に広がっていった。

伝統衣装とされる着物でも、近年まで色々と変化している。

丸帯は今ではあまり見ないが、一番格の高い帯とされている。

現代では、礼装用として留袖や婚礼衣装に用いられるほか、舞妓や芸妓の出の衣装にも使われている。

丸帯は幅約六十八センチの紋織の生地を、ふたつに畳んで仕立てたものだ。

長さは袋帯よりは少し短め。総柄のため、どのような結び方をしても柄が表に出るのだが、物によっては重さが三キロ近くにもなる。素人の手に負えるものではない。

以前、私は軽めの丸帯を手に入れたことがあるのだが、巻くのはともかく、後ろ手で結ぶのに汗だくになり、手が攣るほど苦労した。

「昔の人はそんなに体が柔らかくて、力があったのか」

知人にぼやくと、笑われた。

「丸帯はお手伝いさんが着付けをしてくれるようなお嬢様や、男衆が締めてくれる舞妓さんとかが使うのよ。ひとりで結ばなきゃならない人がつけるものじゃないのよね」

……お手伝いさんも雇えない身分で悪かったわねえ。

つい僻んでしまったが、知人の言葉は真実だろう。

アンティークの袋帯でも、似た苦労をするものがある。

「引き抜き」という方法でしか柄が出ないタイプの帯だ。

引き抜きとは、帯を結ぶとき垂先をすべて抜ききらず、袋状にして垂れを残す方法だ。文章ではうまく伝わらないので、興味のある方は別に調べていただきたいが、この帯を普通に結んでしまった場合、お太鼓となる部分の柄が上下逆になってしまう。

これをひとりで綺麗に結ぶには、大きな三面鏡がなければできない。いや、三面鏡があってもよくわからない。

どこまで柄が出ているんだ？　垂れの長さはどうなっているんだ？　なんだか帯が緩んできたぞ……と。

仕方ないので、最近は帯を前で整えて、背中に回すことにしている。

お手伝いさんを雇えない身分ではハードルの高い帯が、アンティークにはまま存在する。

だが、こういう帯ほど美しいし、見事なものが多いのも確かだ。締めにくいというだけの理由で諦めてしまうのは惜しい。

死蔵するよりは、普通の袋帯に直したり、名古屋帯に加工して用いるのも、ひとつの手だろう。


袋帯は丸帯の代わりに礼装用として出てきたものだ。

その名のとおり、袋状（筒状）に織られた「本袋」と呼ばれるものと、裏表二枚を縫い合わせた「縫い袋」の二種類がある。最近はほとんど縫い袋だが、いずれも裏は無地が多い。


丸帯の軽装版として普及したとの話だが、実は江戸時代には、縫い袋同様の仕立てをした昼夜帯というものが存在していた。

明治頃まで庶民の間で流行った帯で、表と裏を異なる布で仕立てている。片面に黒繻子が用いられることが多いため、昼と夜の景色に喩えて昼夜帯との名がついた。名前も物もなかなか風情があるのだが、袋帯が出てきて姿を消した。

ゆえに私は丸帯が袋帯に代わっただけでなく、昼夜帯も袋帯に吸収されていったのではないかと想像している。

但し、帯全体に柄がある「全通」の袋帯は、丸帯同様の重量がある。ちなみに家にある袋帯で一番重いものは、一・五キロほどあった。これもまた、締めるのに苦労する……。

袋帯は一般的に二重太鼓という結び方をするが、名古屋帯は短いため、一重のお太鼓結びとなる。

袋帯と名古屋帯、これら二種類の帯は共に大正末期に出現した。

名古屋帯は名のとおり、名古屋女学校（現在の名古屋女子大学）創立者である越原春子によって考案された。袋帯より軽くて結びやすいこの帯は、これまた瞬く間に全国に広がった。

この発明について、一般の解説書では和服の軽装化簡略化の流れによって考案されたとある。けれど、たまたま越原氏の縁者に会う機会を得て伺ったところ、帯に相応しい布がなくなってきたために考えられたものという。

なるほど。

名古屋帯は短いし、裏地も一部省略できる。丸帯を改造すれば、名古屋帯は二本取れ、当然、値段も安くなる。

窮すれば通ずの典型だ。

もしかすると、袋帯も似たような理由で登場したのかもしれない。

大正末期は、帯にとってのエポックといっていいだろう。

そして、ほぼ同じ時代に、もうひとつのエポックをふたりの男が作り出す。

道明新兵衛と龍村平藏だ。


道明の帯締、龍村の帯と言えば、現在でもトップブランドだ。

値段の話をしたくはないが、道明の帯締は安くても一万を下ることはなく、高額なものは十五万円以上。龍村の帯はちょっと良い物なら、軽く百万を出てしまう。

帯界のシャネルなどと言う人もいるけれど、両者の凄みは価格ではない。

まずは道明の話をしよう。

道明は現在十代目。代々、新兵衛を名乗っている。創業についてははっきりしないが、元々は武士であったらしい。

道明新兵衛を名乗った初代は、江戸末期に現れた。

当時は刀の下緒や柄糸などの需要が主であったというが、明治になって武士がいなくなったため、製作の中心は帯締に移った。

ちなみに帯締を締めるのが一般的になったのは、お太鼓結びが流行って以降だ。深川芸者の遊び心が現代まで続いていて、和装の中心を占め、そして、皇室の方々までがお太鼓を締めているというのは、感慨深いものがある。

それはともかく、ただの和装小物だった帯締を芸術品にまで高めたのが道明だ。

学究肌の家系だったのだろう。

元々、物を結んだり、飾りとして用いられる添え物的な存在を、道明は徹底的に調査研究した。

その研究は飽くまでも、帯締として商品化するためのものであったが、七代目（一九〇四〜一九七二）は職人の域を出て、組織から染色、形状を忠実に分類し、国宝平家納経の巻物の紐、正倉院宝物の紐等を次々と復原していった。

現在も販売されている「御岳組」は、武州御岳神社（現・武蔵御嶽神社）に残る鎧の胴締に使われていた紐の組み方。

「厳島組」は平清盛が厳島神社に奉納した経巻――平家納経の巻紐。

そして「中尊寺組」は奥州藤原氏、三代藤原秀衡のミイラと共に棺の中にあった紐だ。

七代目は棺にあったこの紐が大阪四天王寺に伝わる「聖徳太子の懸守」と同じ手法の色違いだということを発見している。

そして、それらの研究は『ひも』（学生社）という著作にまとめられ、縄文土器の縄目から近代のザイルまで、紐から日本史を語るといっても過言ではない名著となった。

『ひも』の中にひとつ、面白いエピソードがある。

大正時代、正倉院宝物拝観は一般人にはなかなか許可が下りないものだった。しかし、どうしても正倉院に収められた紐を実見したかった七代目は、父と一緒に願書を出した。

そのとき既に、道明は皇室の御用を承る身ではあった。が、しかし、まだ十代だった七代目の願いは容易に通らない。

当時、奈良・京都・上野の三館を総括していた帝室博物館総長は「薄暗い室に、軍服姿で端然とかまえ」て、静かに言った。

「君たちの研究は買っているよ。だがきみはまだ若いし先があるから、今年はおやじさんだけ行ったらどうだ？」

しかし、七代目は引き下がらない。紐の研究は父子でやっているものだ、私が行かないなら、父も行かないと言いつのる。すると総長は、

「やおら机の上に鉛筆をたたきつけながら、『ヨシ！　例外だぞ！　二人で行け』と軍人らしい口調でいわれた」

――このときの帝室博物館総長こそ、誰あろう、文豪・森鷗外（もりおうがい）なのだ。

鷗外は大正六年（一九一七）から死去する十一年（一九二二）までの期間、帝室博

物館総長兼図書頭に任命されている。

　教養人であり、軍人であり、文豪でもある、この鷗外のひと言によって、七代目は正倉院の宝物を自分の目で見、以降、毎年のように通い続けることが叶ったのだ。

『ひも』には年代が記されていないが、鷗外が帝室博物館総長を務めたのは、五十五から六十歳の間。七代目道明は当時、十三から十八歳だ。

　孫にも等しい少年の言葉を、鷗外は頼もしいものと感じたのだろうか。

　ともあれ、鷗外の英断が、今に続く道明の芸術的な組紐にひと役買ったのは間違いない。


　一方、龍村平蔵は芥川龍之介と交流があった。

　七代目道明が正倉院に入ったのと同じ時期、大正八年（一九一九）に初代龍村平蔵は四十三歳にして初の個展を開催している。

　その際、龍之介は「東京日日新聞」に『龍村平蔵氏の芸術』という一文を寄せている。

　今ではウェブ『青空文庫』でも読めるけど、着物関係の書物に全文が載ったことはない。

　せっかくだから、ここに載せよう。

「現代はせち辛い世の中である。このせち辛い世の中に、龍村平蔵さんの如く一本二千円も三千円もする女帯を織つてゐると云ふ事は或は時代の大勢に風馬牛だと云ふ非難を得るかも知れない。いや、中には斯る贅沢品の為に、生産能力の費される事を憤慨する向きもありさうである。

が、その女帯が単なる女帯に止まらなかつたら——工芸品よりも寧ろ芸術品として鑑賞せらるべき性質のものだつたら、如何に現代が明日の日にも、米の飯さへ食へなくなりさうな、せち辛い世の中であるにもせよ、一概に贅沢品退治の鼓を鳴らして、龍村さんの事業と作品とを責める訳には行くまいと思ふ。この意味に於て私は、悪辣無双に切迫した時勢の手前も遠慮なく、堂々と龍村さんの女帯を天下に推称出来る事を、この上もなく喜ばしく思はない訳には行かないのである。

と云つて勿論私は、特に織物の鑑賞に長じてゐる次第でも何でもない。ましてその方面の歴史的或は科学的知識に至つては、猶更不案内な人間である。だから龍村さんの女帯が、滔々たる当世の西陣織と比較して、——と云ふよりは呉織綾織から川島甚兵衛に至るまで、上下二千年の織工史を通じて、如何なる地歩を占むべきものか、その辺の消息に至つては、毫もわからぬと云ふ外はない。従つて私の推称が其影の薄いものになる事は、龍村さんの為にも、私自身の為にも遺憾千万な次第であるが、同時に又それだからこそ、私は御同業の芸術家諸君を妄に貶しめる無礼もなく、安んじて龍村さんの女帯を天下に推称する事が出来るのである。これは御同業の芸術家諸君の為にも、惹いては私自身の為にも、御同慶の至りと云はざるを得ない。

龍村さんの帯地の多くは、その独特な経緯の組織を文字通り縦横に活かした結果、蒔絵の如き、堆朱の如き、螺鈿の如き、金唐革の如き、七宝の如き、陶器の如き、乃至は竹刻金石刻の如き、種々雑多な芸術品の特色を自由自在に捉へてゐる。が、私の感服したのは、単にそれらの芸術品を模し得た面白さばかりではない。もしその以外に何もなかつたなら、近来諸方に頻出する、油絵具を使はない洋画同様な日本画の如く、私は唯好奇心を動かすだけに止まつたであらう。けれども龍村さんの帯地の中には、それらの芸術品の特色を巧に捉へ得たが為に、織物本来の特色がより豊富な調和を得た、殆ど甚深微妙とも形容したい、恐るべき芸術的完成があつた。私は何よりもこの芸術的完成の為に、頭を下げざるを得なかつたのである。遠慮なく云へば、鉅万の市価を得た足利時代の能衣裳の前よりも、この前には更に潔く、頭を下げざるを得なかつたのである。

私が龍村さんを推称する理由は、この感服の外に何もない。が、この感服は私にとつて厳乎として厳たる事実である。だから私は以上述べた私の経験を提げて、広く我東京日々新聞の読者諸君に龍村さんの芸術へ注目されん事を希望したい。殊に「日々文芸」と縁の深い文壇の諸君子には、諸君子と同じく芸術の為に、焦慮し、悪闘し、絶望し、最後に一新生面を打開し得た、その尊敬すべきコンフレエルの事業に、一層の留意を請ひたいと思ふ。何故と云へば私の知つてゐる限りで、屢諸君子の間に論議される天才の名に価するものには、まづ第一に龍村平蔵さんを数へなければならないからである。」（岩波書店『芥川龍之介全集〈第五巻〉』より）

当時、龍之介は二十七歳。年長の龍村平藏に、目一杯の賛辞を贈っているのが微笑ましい。

交流があったと記したが、ふたりがどのような関係だったのか、明確に示す文献は出てこなかった。
だが、ほぼ同じ年代に、道明と龍村という近代和装の二大巨頭と、森鷗外・芥川龍之介というこれまた二大文豪が関わっているのは興味深い。

この時代は国内外共にきな臭かったが、アールデコ様式が花開き、日本では杉浦非水や竹久夢二が先端を走っていた頃だ。

龍之介は「せち辛い世の中」と記したが、今より自由で豊かな才能と、闊達で高い見識を持った人々が生きていたのに違いない。

その中、龍村平蔵は確かにひとりの天才だった。

初代龍村平蔵は、明治九年（一八七六）、大阪の両替商平野屋(ひらのや)に生まれた。

裕福な環境の中で、茶道や謡(うたい)、俳諧(はいかい)などを身近に育つが、十六歳のときに家業が傾き、彼は京都西陣(にしじん)に出て、反物の担ぎ売りをすることになる。

しかし、すぐに飽き足らなくなった平蔵は、自ら帯の製作を始めた。

才能はすぐに芽を出して、三十歳のとき『龍村織物製織所(たつむらおりものせいしょくじょ)』を設立。「高浪織(たかなみおり)」「纐纈(こうけち)織(おり)」「無線織」「相良織(さがらおり)」などなどの織技法を発明。三十数種にも及ぶ実用新案特許を取得した。

言葉で表すなら、まさに早熟。新進気鋭といったところだろう。

また、西陣に機械化の波が押し寄せると、平蔵は図案の重要性に着目。美術工芸学校から若手デザイナーを起用して図案を描かせた。

その中にはのちの堂本印象(どうもといんしょう)をはじめとした芸術家が多数いて、彼らが手がけた帯は過去のものとはまったく違うものだったという。

龍村の技法とアイデアは、閉鎖的だった西陣の織物業界に衝撃を与えた。そして、その商品はたちまち女性たちの垂涎(すいぜん)の的(まと)となったのだ。

これらの帯をどんな人が求めたのか。

宮尾登美子(みやおとみこ)は龍村平藏の生涯を『錦(にしき)』という小説で描いている。初代の人生は作品の中からでも読み取れるが、客層については語っていない。

高価だったのは確かなようだ。

二〇一二年に高知県立文学館で開催された『宮尾登美子の「錦」と龍村平藏の「美」展』図録に、『「錦」うらばなし』という宮尾のエッセイが載っている。

そこには昭和五十四、五年の頃、龍村の最高級品は六、七百万円したとあり、当時の歌舞伎座の一等席は六千円だったと記されている。

今の一等席は一万八千円。単純に換算すると、帯の値段は一千八百万円となる。

宮尾は別のエッセイで「帯一本に家一軒、というほど高価なもの」と記しているが、この値段なら、さして大袈裟な物言いとはならないだろう。

また、宮尾は「昔から着物三枚に帯一本ともいい、いい帯が一本あれば着物は千変万化のおもむきとなる」とも記す。

普通、着物に親しんでいる人が聞く言葉は「着物一枚に帯三本」だ。

帯の雰囲気や格を替えることで、着回しができるという意味で、この場合は着物が主となる。しかし、宮尾の言葉は逆だ。主体は飽くまで帯にある。

生憎(あいにく)、私は龍村の最高級品とやらを目にしたことはない。

現在「たつむら」を名乗る機屋は『龍村美術織物』『龍村織物』『龍村光峯』の三軒だ。

初代を含めたこれらの帯は、いずれもアンティークやリサイクルでお目にかかることができる。

妙に廉価な物から百万円単位の品もある。いずれも大胆な意匠、精緻な織り、時に宝石にも似る糸の燦めきを持つ龍村の帯は、一度知れば、他を見てもすぐそれとわかるほど個性的だ。

しかし、市場に出回るこれらは多分、宮尾の言う最高級品ではないのだろう。

実はあんまり高いので、龍村の帯がなんぼのもんじゃ、とひねくれてもいたのだが、初代から今までの龍村平蔵を調べるうちに、私は考えを改めた。

あまりにも激しい、織物に対する攻究に舌を巻いたのだ。

初代がいくら苦労して新しい物を作っても、すぐ偽物が現れる。裁判を起こしても、別の織元から偽物が出る。

龍村が大阪出身であることも、京都西陣の織元にとってはかなり面白くなかったようだ。繰り返されるいたちごっこに彼は神経をすり減らし、結果、平蔵は特許のいくつかを西陣の組合に寄付してしまう。

そして、新たに「歴史に残る名品に学んで模倣の及ばぬような作品をつくろう」（『錦　光を織る』龍村光峯　小学館）と決意する。

いやはや。こうなってくるともう、市井の流行、ファッションの話からは逸脱してくる。

大正末期、初代平蔵は画家の黒田清輝や東京美術学校（現東京藝術大学）校長の正木直彦らが主宰する織宝会の依頼を受けて、正倉院宝物裂、法隆寺裂など、名物裂の研究に着手する。

初代の跡を継ぎ、裂の復原に尽力した二代龍村平蔵光翔は『錦とボロの話』（龍村光峯増補　学生社）の中でこう述べている。

「一寸四角の織物のなかに約一万の経糸と緯糸の組み合わせがある。その一万カ所の点を、正しく、くまなく、根よく調べてしまうと、織物美術は元来一本の糸がより集って構成されているものだから、その全部がわかれば一千年経っていようと復原できる。」

――問題は、その「全部」がわかるまでだ。

初代平蔵は「復原の第一人者」と言われたが、古代裂は脆く儚く、触れただけで塵となる。

そんな危うい断片を、技法はもとより、糸となる蚕の種類や産地、染めに使われる植物までをも特定し、千年以上前に織られた織物そのものを再度作り出す。

模倣でもコピーでもない。時を超え、本物を作り出すのだ。

正倉院裂ならば、奈良時代に光明皇后が奉献した聖武天皇遺愛の品をそのまま新品にする。タイムマシンに乗ってすり替えても、元の裂と見分けがつかない――そこまでやるのが復原だ。

経糸と緯糸、一万カ所の組み合わせがわからなければできないが、わかったところで誰にでもできるというものではない。

初代はその復原に尽力し、また一方で精力的に創作帯を発表していった。

しかし、昭和天皇からのタペストリーの依頼に精根を使い果たして、次第に心を病んでしまう。

この辺りの、初代の情熱と懊悩は鬼気迫る。また、周囲や宮内庁とのやりとりも胸苦しくなるほどなのだが、紙数の都合で割愛しよう。

ともかく、初代を案じた正木直彦の助言によって、次男である龍村謙が二代龍村平藏光翔となり、帯はもちろん古裂の復原も引き継いだ。

先程、私は模倣でもコピーでもなく、時を超えて本物を作り出すのが復原だと記したが、真実そこに至るにはもうひとつ、科学や数式では割り切れない能力が必要ではないかと疑っている。

物を媒体として過去を読み取る、いわばサイコメトリー的な能力。あるいは、裂そのものの言葉を聞き、理解する力だ。

初代の異常ともいえるほどの集中力と観察眼を見ていると、この一族はある種、能力者の家系ではないかと思えてくるのだ。

よく熟練した職人は「最後は勘です」と言う。その勘とやらはどこから来るのか……。

二代龍村平藏の話をしよう。

『錦とボロの話』『錦　光を織る』を参考にして述べていきたい。

二代目平藏は法隆寺に伝わる「四騎獅子狩文錦(しきししかりもんきん)」（別名、四天王獅猟文様錦(してんのうししかりもんようにしき)）を復原している。

この錦はフェノロサや岡倉天心(おかくらてんしん)などの手によって法隆寺夢殿の扉が開かれたとき、秘仏「救世観音(ぐぜかんのん)」の脇に立てかけられていた一巻の織物だ。

法隆寺では、この織物を聖徳太子が物部守屋(もののべのもりや)を征伐したときに用いた錦の御旗(みはた)と伝えている。

大きさは幅百五十二センチ強。しかも両端が揃ってないので、実際はそれ以上の幅を持つ稀に見る織物だったらしい。

フェノロサ一行は、この錦の文様がササン朝ペルシャ(二二六〜六五一)のものであることを指摘して、東西文化交流のひとつの証拠とした上で、ササン朝の錦を中国が模造したものだと考えた。

しかし、裂の復原を果たした二代目平藏は、自著の中でそれ以上のことを述べている。彼はササン朝の古いコインに刻された人物の特徴を調査して、錦に織られている人物をコスロー二世と断定する。

そして当時の染色技術や貿易状況を鑑みて、この錦が日本に渡ってくるまでの経緯を推測しているのだ。

コスロー二世在世時、中国は隋・煬帝の時代だ。

煬帝が西域諸国と交流し、それらの国の人々を歓待したのが六〇九年前後。これは日本から遣隋使が入った年でもある。

二代目平藏は当時のペルシャには絹糸が豊富になかったこと、中国は絹糸だけを輸出することはなく、布にして交易をしていた史実を指摘する。そしてそこから、コスロー二世は自分の肖像画入りの広幅錦を、直接もしくは仲介者を立てて、隋に注文したのではないかと考えた。

肖像及び図案を手に入れた隋は、最高級の技術をもって布を織ったに違いない。

こういう大きな仕事のときは、予備や手元の保管品として、同じ物を余分に作っておくのはよくあることだ。

そのうちの一枚が、丁度(ちょうど)同時期に日本から来た遣隋使、小野妹子(おののいもこ)に贈られたのではあるまいか。とすれば、錦が聖徳太子の元に届いた可能性はある。錦が隋のものだったと断定することも可能になる。

――以上が、二代目平蔵の推理だ。

当時は、今のごとく簡単にインターネットで検索はできない。すべて書物と現物に当たるしかない時代だ。にもかかわらず、二代目はここまで遡及(そきゅう)する。

道明新兵衛も同じだが、彼らは紐一本、布一枚の復原から、その時代の様子まであありありと甦(よみがえ)らせてしまうのだ。

二代目には、さらに興味深い話がある。

明治から大正時代に移った一九一二年。

西本願寺(にしほんがんじ)の大谷光瑞門主(おおたにこうずいもんしゅ)によって計画された大谷探検隊が、中央アジア・トルファン盆地のオアシス国家である高昌国(こうしょうこく)の遺跡、アスターナ古墳群を発掘した。

このとき、高昌国王麴伯雅(きくはくが)の墳墓から発見された錦の断片を、探検隊は日本に持ち帰った。その復原を委ねられたのが、二代龍村平藏だ。

布はミイラの面覆いであり、目と口に当たる部分などが欠けた断片だった。

少し詳しく記すなら、錦の裂は人の顔の形に切り取られた縦二十四センチ、横十五センチの楕円形で、中央に鹿と樹木を描いたササン朝ペルシャ特有の文様が、二色を用いて織り出されている。

太い外輪円文の中に円文が五つ、方形の入子枡(いれこます)正方形が上下左右に見え、左上隅にギリシャのアーカンサス十字唐草が四分の一より少し欠けた状態で見えている。

特色は、中央樹木の下に「花樹対鹿」という漢字が左右対称に織り出されていること。

その特徴から、裂は「花樹対鹿錦(かじゅたいろくにしき)」と名づけられた。

二代目平藏はこの錦を目にしたとき、既に復原を果たしていた「四騎獅子狩文錦」と酷似していることにすぐ気がついた。そして織物技術上、極めて高級な品質のものであることも理解した。

この復原にあたっては、使用されている絹糸と同品種の糸を得るため、交配させた蚕を養蚕農家に育ててもらうところから始めるほどの徹底ぶりだった。

復原の過程はＮＨＫのドキュメンタリー『幻の錦』として制作され、昭和四十三年

（一九六八）に放映された。大反響を呼んだ番組は、のちにモンテカルロ映画祭のドキュメンタリー部門で金賞を受賞することになる。

記してしまえば、数行で終わる話だが、「花樹対鹿錦」の復原は五年がかりの大仕事だった。

五年もの間、二代目平藏の頭の中には、寝ても覚めても錦のことがちらついていたに違いない。他のことをしていても、頭の隅にはいつも錦の断片が置かれてあったと想像できる。

何にしろ、残っているのは穴の開いた端布一枚だ。そこからすべてを復原するには、穴によって失われた文様を補わなければならないのだ。

当初は「四騎獅子狩文錦」を参考に仕事を進めていた二代目だが、無から有を生む作業は進まない。

数年後、彼は完全に行き詰まってしまった。

すると……ある晩、二代目の夢枕にトルファンのミイラが現れたのだ。

ミイラは二メートル近い巨人の姿であったという。

「その顔は飾りでおおわれていた。その眼の跡、口の跡から血がにじみでていて、そこが錦の腐敗しているところだとわかった。その夢で私はめざめたが、ぞっとして寝られなかった。その夢の巨人は隋の煬帝とともに南満州の野に騎馬隊をひきいて転戦した高昌国人で、この錦を通じてなにかを物語っているようであった。」

この夢によって、二代目は「花樹対鹿錦」が法隆寺の錦同様、隋のものであることを確信する。

しかし、それでも、欠けた箇所は如何ともすることができない。

徒に時は流れて、また数年。またも再び夢の中にかのミイラが出現する。

「ミイラは『何故あの花樹という文字を考えないか！』と叱汰する。その声に驚いて目覚めた私は、空白の所へ夢中で花すなわち牡丹を画きこんだ。この欠所の牡丹図は私の創作で、あるいは正しくないかもしれない。その形容の点でも昔のとおりでないかもしれない。しかしまがりなりにもその夜、空白部分の織文（織り文様）ができあがったのである。」

――二代目平藏が描いた牡丹は、錦に織り出されていた文様そのものに違いない。

私は確信を持っている。

合理的な解釈をすれば、思い詰めた彼の無意識が、夢の中で答えを導き出したといえるだろう。

だが、私はそうは思わない。二代目はきっと裂を通して、高昌国王麴伯雅と対面したのだ。

そして直接、その持ち主から穴の開いた経緯と、欠けた文様を教えてもらったのだろう。

なんだか帯の話から随分ずれてしまったが、この話を知って以来、私は龍村の帯とは「そういう人々」が作り出したのだと意識するようになった。

龍村美術織物は、今でもタペストリーや古裂の復原に力を入れている。だが、その本領はやはり帯にある。

初代龍村平藏も、美しく、誰にも真似の出来ない帯を織るため、「歴史に残る名品に学ん」だのだ。

その成果は最終的に、帯を締める女性たちのところに辿り着く。古代から伝わる最高の美を女性たちに渡すため、龍村平藏は生きたのだ。

龍村のみに限らない。

帯も着物も、その文様のほとんどは、古から伝わる意匠と技法に基づいている。

たとえば縞、たとえば更紗。

それらひとつひとつが日本に入ってくるまでの長い道のりと時間とを、着物好きは纏うのだ。

もしかすると、その源には長身のミイラ王や聖徳太子、隋の煬帝の面影が漂っているのかもしれない。そして、密かに我々に語りかける機会を窺っているのだ。

想像すると、私はますます着物が愛しくなるのだけれど……そんな怖いことを言うのなら、着物なんか着ないという人も出てきそうだ。あまり強くは言わずにおこう。

帷子

昔からのしきたりに従うならば、袷（あわせ）の着物は十月から五月、単衣（ひとえ）は六月そして九月、夏物は七月八月に着用となる。

しかしながらご存じのとおり、最近は地球規模で気候が滅茶苦茶だ。日本はもう五月になると、袷の着物なんぞ見るのも嫌といった気分になってくる。

去年（二〇一八）はゴールデンウィークの最中から半袖でうろうろしていたし、令和元年となった今年は五月の末辺りに一度、猛暑に等しい気温となった。

私は年中行事が大好きだ。だから本来ならば、衣替えの季節をも守りたいと思っている。

杓子定規（しゃくしじょうぎ）なマナーやルール云々（うんぬん）ではない。

六月に厚い衣を脱ぎ捨てて夏に足を踏み出す感じや、強い陽射しを外に見ながら薄物を手に取る高揚感、そして秋十月に袷の着物に包まれて安らぐ身体感覚をとても愛しているからだ。季節毎（ごと）に得られる一種のギフト――このメリハリが最近はすっかり崩れてしまっている。

帷子

五月の中頃、着物を着る人が集まったのだが、すでに単衣は当たり前。羽織は薄物という人がほとんどだった。まったく違和感はなく、むしろ袷の着物を着ていると暑苦しく思えたほどだ。

身体に素直な服装は自分も他人も快適だから、このコーディネートに文句はない。しかし、衣替えで得られる愉しみがなし崩しになるのはつまらない。なんとか自分なりのメリハリをつけられないものであろうか。

ここ数年、首を捻っているのだが、状況は厳しくなる一方だ。無理をして熱中症になってしまったり、汗みどろで街を歩いたりするよりは快適な服装を心がけるほうが、やはり断然スマートだろう。

だが、このまま日本が暑くなり続けたら、袷は十一月からせいぜい四月一杯まで。五月が単衣で六七八九月が夏物、十月にもう一度単衣を着る。そんなことになるのではなかろうか。

欲深いことの喩えとして「頂く物は夏も小袖」との言葉がある。

小袖は絹の綿入を指す。夏には不用のものだけど、大概の夏物よりは高価だ。ゆえにそのときは必要なくとも、タダなら高いほうを取るという意地汚さを揶揄した物言いだ。

とはいえ、小袖という言葉自体は、着物の種類を示す用語にすぎない。庶民的なものもある。その中で、夏でも欲しい小袖というなら、ただの綿入ではないだろう。公家や武家の子女が身につけた見事な物に相違ない。
即ち生地は綸子（りんず）で、綿は蚕から採った真綿。その上に友禅（ゆうぜん）や絞りで文様を描き、金糸銀糸の刺繍（ししゅう）を施す。そういう見事な物だからこそ「夏も小袖」となるわけだ。

しかしながら、この先、日本が綿入なんぞ着られもしない気候になってしまったら、この言葉は活きては来（こ）まい。転売目的でないのなら、冬でも一流の薄物が欲しいとなるのではなかろうか。少なくとも、私はきっと着られるほうを選ぶだろう。

もちろん地球さんの考えは及びもつかないものだから、十年後には昔どおりの気候に戻るかもしれないし、百年後には寒冷化して、夏物なんかあり得ないほど寒くなる可能性もある。だが、近年は取り敢えず暑い。
『徒然草（つれづれぐさ）』にも「家の作りやうは夏をむねとすべし」とあるように、元々高温多湿の日本の夏は工夫がなくては乗り切れない。

現代の着物好きたちも、猛暑対策には余念がない。

着物は多分、馴染（なじみ）のない人が思っているよりは涼しい衣料だ。が、タンクトップに短パンよりも涼しいかと訊かれれば、首肯（しゅこう）はできない。物には限度というものがある。

帷子

三十五度を超えてしまうと、洋服ですらおちおち外を歩けないのだ。着物で数時間もうろついたなら、焦げ目のついた蒸しまんじゅうになるのみならず、汗みずくとなった着物はもちろん、下手をしたら帯(おび)までも手入れに出さなくてはならなくなる。

着物の手入れは案外、お金がかかるので、これはちょっと——いや、相当痛い。ゆえに去年は、自分で洗える麻の着物ばかり着ていた。絹物は出して眺めて、溜息をついて簞笥(たんす)に戻す。

麻は好きではあるものの、そんなことをひと夏繰り返すと、やはり寂しい。

画期的なインナーは出ないものだろうか。

着物業界はある部分、馬鹿馬鹿しいほど保守的なので、いまだにネルの腰巻(こしまき)が防寒用として売っているほどだ。夏物もあまりはかばかしくない。

最近、漸く(ようや)保温性や通気速乾を謳(うた)った化学繊維のものが出てきたが、アウトドアウエアをはじめとした洋服にはまだ及ばない。

つい先日も、着物好きと対策を検討したものの、目覚ましい意見は出てこなかった。

唯一、出てきたのが保冷剤だ。

「両脇の下、帯に挟む形で小さな保冷剤を入れると涼しい」

「結露するでしょ」

「結露防止用のカバーをかけるか、キッチンペーパーで包むのね」

「溶けてきたら?」

「外すしかないわね。気持ち悪いし……」

涙ぐましい努力だが、実際に去年、保冷剤を使ったら、随分楽だったことは記しておこう。

もうひとつ経験を付け加えるなら、脇の汗を気にして袖のあるインナーを着るよりは、身八つ口を塞がずに風を通したほうが涼しい。

冬はそこから風が入って寒く感じるものだけど、着物もやはり「夏をむねとすべし」の意識で作られているのかもしれない。もっとも男性用の着物には身八つ口が開いていないので、別の工夫が必要だろうが……。

なぜ、そんな苦労をしてまで着物を着るのかといえば、着たいという気持ち以外に理由はない。

特に私は単衣の着物、そして夏物が大好きなのだ。

単衣の着物とは、胴裏も八掛もない反物そのままでできた着物だ。反物に裏をつけて仕立てれば袷、裏をなくせば単衣となる。

但し生憎、和服の世界はそう単純にはできていない。

単衣のために作られた反物というのが存在するのだ。

これらは袷にはならないし、夏物にもならない。けれど、なんともいえない魅力がある。

ものによってはジョーゼットのように頼りなく、一見、夏の薄物と見まごう。が、紗や絽のような透けはなく、ただうっすらと光を通す。

透けるようで透けないその様はもどかしい色気を備えると共に、女性的な柔らかさがある。紬や男子の着物なら、こざっぱりと軽快な身軽さを感じて楽しくなる。

加えて初夏には初夏の柄、秋の単衣はそれなりに寒々しくない装いと、ひと言で単衣と括っても、六月と九月では兼用できない着物も多い。

つまり、単衣は贅沢なのだ。

そのせいか、最近、これらの単衣は数が減っているように思われる。

特にアンティーク以外では、滅多にお目にかかれなくなってしまったのが絽縮緬だ。

絽縮緬とは、しぼのある縮緬生地であるにもかかわらず、絽と同じく縞状に目が開いているもの。この着物や帯をつけると、九割の人が夏物と勘違いするほどに、今は見なくなってしまった。

裏を取っただけの袷兼用の反物では、日本の初夏は最早、過酷。しかしながら、着物産業自体が先細りの現状で、季節ならではの単衣着物を望むのは贅沢というものなのか。

初夏の贅沢着物といえば、六月の十日辺りから七月に至る二十日ばかりの間にのみ許される紗袷というものがある。

この着物は文字どおり、夏物である透ける紗を袷仕立てにしたものだ。

大概は無地に近い紗の下に、夏や秋の文様を描いた紗あるいは絽を重ねる。そして透け見える色柄や確信的に生じさせたモアレの美しさを愛でるのだ。

限られた期間しか着用できない品のため、多くの紗袷は訪問着のような柄付けをして、格を高くしている。

だが、それだけではもったいないと思うのか、最近は九月に着ても構わぬと言う人が多くなってきた。

うむ。ひと言、苦言を呈すなら、そんなみみっちいことをするくらいなら、紗袷なんぞ着るべきではない。

贅沢品は贅沢に着るのが筋だと思うのだけど、これも時流というものだろうか。まあ、紗袷自体、六月に着るにはもう暑すぎるのかもしれないが……。

ともかく本来の六月は、軽やかで優しい単衣を纏って、贅沢な幸せを楽しむ季節だ。

その束の間を満喫したのち、いよいよ盛夏がやってくる。

夏の着物は主に紗、絽、羅などの透ける物。一部の縮、麻織物。それから浴衣ということになる。

この時期、一番目にする和装は浴衣だろう。しかし、東京では五月の祭りのときから、浴衣が解禁になる。そのせいか、私はどうも浴衣を夏物とは限定し難い。

実際、普通の綿の浴衣はほかの夏着物より暑いのだ。ゆえに、昔の人は日の暮れた夕方以降に着たのではないかと、私は思う。

浴衣に衿をつけて足袋を履き、普通の着物として着る人も増えている。

しかし、本来、木綿の着物と浴衣では生地が違う。だから、浴衣を着て木綿着物のふりをしても、少し詳しい人の前に出ればバレバレだ。

ただ、このスタイル、以前から日舞関係の人はやっていた。

夏のお温習い会などや盆踊りの屋台に立ってお手本を示すときなどに、足袋を履いて衿をつけ、揃いの浴衣で出ていたのだ。

それはそれで、なかなか格好いい。やってみたい気持ちにもなる。

しかし敢えて私はやめて、と言いたい。

なぜなら衿をつけず、素足に下駄で浴衣を着る——この姿を美しく見せてほしいから。私自身がそういった素敵な浴衣姿を見たいからだ。

美しく、あるいは格好好く浴衣を着るのは、実はかなり難易度が高い。

浴衣は、確かに簡単に着られる。しかしパーツが少ないほど、僅(わず)かな着こなしの差で姿が変わる。

浴衣一枚と帯一本。それだけで勝負するのが浴衣だ。

だから、私は初心者は浴衣からという文言には頷(うなず)けない。縁日で、はしゃいだ子供が着崩れているのとは違うのだ。大人なら、そして着物好きなら、浴衣を浴衣として愛し、着こなしてほしいと考えている。

ただ、最近は製造側も木綿の染めにこだわらず、織りや麻など、様々な着物を浴衣として売り出している。洗えるカジュアル着物すべてが、浴衣という名称になりつつあって、そこに衿をつけるのも当たり前といった感じだ。

こういったご時勢では、多分、私の考え方は古臭いに違いない。

悲しい気持ちになるけれど、これも温暖化同様に仕方のないことかもしれない。

さて。

浴衣の語源は一説、湯帷子（ゆかたびら）にあるとされるが、夏着物にはそのものずばり、帷子と呼ばれる麻着物がある。

歴史をいうなら、帷子は元来片枚（かたひら）と記し、裏のない着物全般を指す名称だった。それが江戸時代になると、絹物を単衣（または単）と称し、麻で仕立てたものを帷子と分けた。厳密にいえば、絹織物である生絹（すずし）や紋紗（もんしゃ）も帷子と呼ばれたらしいのだが、今は麻に話を絞ろう。

私が初めて「帷子」と呼ばれる麻着物を見たのは、博物館の中だった。

前章で少し記したように、木綿が普及する以前、麻は庶民の日常着だった。ゆえに麻イコール普段着という認識しかなかったのだが、展示されていた着物は違った。

上等な麻特有の張りを持つ生地に、小袖同様の贅を尽くした水辺の景色が表されている。

瀟洒（しょうしゃ）にしてこざっぱりと気持ちがいい。

ひと目で身分の高い女性がつけていたものだとわかったが、それ以上に、その着物は美しかった。

——なんだ、これは。

私は目を瞠（みは）った。そして「帷子」という名称そのものに戸惑った。

実は、この出会い以前の私は「帷子」といえば、鎖帷子か経帷子しか知らなかったのだ。

鎖帷子といえば、今の防弾チョッキに等しい鎧の一種。経帷子は死装束。展示ケースの向こうの着物は鎖帷子ではないゆえに、

（これ、死装束なの？　違うよね？　それとも美麗な死装束なの？）

今思えば、恥ずかしい混乱を来してしまったのだ。

京都には帷子ノ辻（現町名は京都市右京区太秦帷子ケ辻町）という場所がある。観光地ではないけれど、帷子ノ辻の由来は怪談に通じる。それを既に知っていたから、私は余計にわけがわからなくなってしまった。

ここで少し、帷子ノ辻にまつわる伝説について語ってみたい。

伝説の主人公は、檀林皇后橘嘉智子。平安時代初期に在位した嵯峨天皇の皇后だ。諡号の檀林皇后は、檀林寺を建立したことからつけられた。

皇后は類い稀なる美貌の持ち主で、一般人はもちろんのこと若い修行僧でさえ、心を動かされるほどだったという。

仏教に深く帰依していた皇后は、日頃から己の周囲に漂うそんな煩悩を憂えていた。そして死に臨んで、自らの遺体は埋葬せずに路傍に打ち捨てよと遺言したのだ。

目的は己の遺体が腐乱して白骨化していく様子から、諸行無常を示して人々に菩提心を呼び起こすこと。

皇后の遺言は守られて、亡骸は辻に放置された。

白骨になるまでの、その過程は『檀林皇后九相図』として描かれ、今に伝わっている……。

これが帷子ノ辻に残る伝説だ。

九相図とは死後、肉体が禽獣の餌となり、腐乱、白骨化するまでを九つの段階に分けて描いた仏教絵画だ。

私の知る限り「九相図」に描かれるのは美女と決まっている。

ゆえに、檀林皇后以外では小野小町がよく題材として選ばれている。皇后は自ら望んだが、小野小町には不本意なのではなかろうか。

のみならず、実は私、この檀林皇后伝説には納得できないことがある。

皇后が亡くなったのは、数えで六十五歳のときだ。「九相図」では死に際も美女のままで描かれているが、当時なら既に老境だ。皇后はその死の間際まで、自分の美貌を意識していたというのだろうか。

小野小町も美女からの九相を描かれるが、小町は教化の題材とされてしまっただけだ。

しかし、檀林皇后は自分の遺言としたという。

これが本当だとすれば、ちょっと厚かましいと言わざるを得まい。お婆さんになった時点で、人々も自分もとっくに諸行無常を感じるのが普通ではないか。まさに小野小町の「花の色はうつりにけりないたづらに」という状況だ。

なので、皇后がもし本当に死体遺棄を指示したのなら、もっとシンプルな諸行無常の諭しだったのではないかと思う。

だがしかし、それもよく考えると腑に落ちない。

当時、死体はごろごろしていた。

京都には化野（あだしの）と鳥辺野（とりべの）、蓮台野（れんだいの）に風葬の地があり、川原などにも庶民の死体は捨てられていた。

死体のみではない。そこには助かる見込みのない傷病人も、打ち捨てられてしまったという。ゆえに積極的に観察することはないまでも、死の前後から白骨化までを目にするのは珍しいことではなかったのだ。

だから、皇后の意図がシンプルに死と諸行無常を結びつけたものだとしても、普段、遺体に接しない皇族ならではのものとなり、これまた相当な世間知らずということになる。

ただ、庶民にとって、貴人の亡骸を見ることは珍しかったに違いない。そして、その変容を見て気づくことがあるとするなら、死の様に貴賤上下の別はなく、皆同じで平等だということだったのではなかろうか。

皇后の意図がそこにあったなら、私は納得できるのだけど……。

檀林皇后はナルシシスティックな世間知らずだったのか。はたまた、遺った人が当人の意図を勝手に書き換えたのか。

それはわからないけれど『檀林皇后九相図』の詞書には、気味の悪い話が付け加えられている。

曰く「皇后の亡骸を捨てて以降、折々に女性の死骸が犬や鳥に食われている様が見える」。

このエピソードは怪談として解釈する説と、皇后に倣って女性の死体を辻に捨てるのが流行ったとする説のふたつに分かれる。

江戸時代の地図、『増補再板京大絵図』には太秦の西に紐の両端を裂いたような十字路があり、そこに帷子ノ辻と記されている。

左右には丘陵が描かれているのみなので、人家があるようには見えない。道の両脇に草木があれば、死体が捨てられてもそんなには目立たなかったに違いない。そして、暗く人気のない辻に、幽霊が出ても不思議ではなかろう。

現場は今「帷子ノ辻」と名が付いている交差点より、もうひとつ西の信号、奇しくも斎場が建っている変形五叉路の辺りが該当する。

そこから西に向かっていくと、古より葬送の地だった化野に出る。

途中、檀林寺という名の寺院があるが、ここは近代に建てられた寺だ。皇后が建立した檀林寺は没後急速に衰えて、平安中期に廃絶。今は天龍寺となっているので、お間違いのなきように。

また『檀林皇后九相図』は現在、西福寺に蔵されている。

西福寺は、あの世とこの世の境とされる六道の辻の側にある。

六道とは天道・人間道・修羅道・畜生道・餓鬼道・地獄道を指し、仏教的な業の結果として輪廻転生する世界のことだ。

辻という場所自体、あの世とこの世の境、あるいは異界に近い場所といわれる。実際、その名に「六道」を持つ辻は京都に限らず六叉路だ。地獄極楽はすぐ隣にある。

そんな場所ゆえに、西福寺の近くには盆の迎え鐘と小野篁冥府通いの井戸で有名な六道珍皇寺や、幽霊伝説に所縁を持つ「幽霊子育飴」の店などが並んでいるのだ。

六道の辻の東には、やはり葬送地である鳥辺野が広がる。

帷子ノ辻の西は化野。

檀林皇后の時代、辻と化野は既にあったのだから、もしかすると、この辻は皇后の逸話以前から六道の辻同様の機能を持っていたのかもしれない。

そして皇后の死を受けて、女性の亡骸を風葬する場に変化したのではなかろうか。

私がこの辻を意識して、初めてその場に立ったのは、もう三十年近く前になる。多分、広隆寺（こうりゅうじ）参拝の帰りだろう。

東京とは趣の異なる町並みを駅に向かっていくと、やがて広場を抱えたような妙な形の交差点に行き当たる。信号の先は線路が横切っていて、信号の手前には空き地があった。

細長い三角形をしたその空き地は使い勝手が悪いのか、長年手つかずの様相で、痩せた木が数本生えていた。

(この辺りが帷子ノ辻か)

往時の風情を残すため、ここは空き地になっているのか。私はそんなことを思って、道から外れて中に入った。

冬だったので、下草はほぼ生えていなかった。しかし木の枝にはまだ、葉が残っている。常緑樹だったのかもしれない。

そのせいか、空き地はひと色、道路よりもほの暗い。

ぐるりとひと回り歩いてみたが、ここが帷子ノ辻だという碑も説明板も見当たらなかった。

ただひとつ。

今でも鮮明に憶えているのは、手の届かないような高い枝から汚れた長い紐が下がっていて、その先端に、栗の実ほどの錆びた鈴が結わえつけられていたことだ。

風が吹いたら、鳴るのだろうか……。

しばし鈴を見上げていたが、段々薄気味悪くなってきて、私は小走りになって、日の当たる三条通（さんじょうどおり）に戻っていった。

そのときの話はそれだけだ。

しかし、その後、何度帷子ノ辻を通っても、空き地を目にすることはなかった。

今回の原稿を記しているうち、改めて気になったので、私は地図やらストリートビューやらで往時の記憶を辿（たど）ってみた。

どうも、空き地だったところは斎場になってしまったようだ。

なるほどね、と納得しかけて斎場のサイトを確認する。と、会社概要には、当地にて昭和二十七年より創業とあった。

私はまだ生まれていない。

ならば、私が見た風景は——錆びた鈴を見つめた記憶は一体、どこから来たのだろう。

檀林皇后の伝説も私的な記憶も腑に落ちないので、長く語ってしまったが、帷子ノ辻という名称は、一般には皇后の経帷子、即ち死装束に因んだ名と説明されている。

が、これにもまた異説があり、棺を覆った帷子が辻の辺りで風に飛ばされ、舞い落ちたという話もある。

当時の死装束が如何なるものであったのか、生憎、はっきりとはわからない。けど、棺に掛けられていたというなら、死装束ではないだろう。皇后が生前身につけていた艶やかな帷子ではなかったか。

皇后が亡くなったのは嘉祥三年五月四日、新暦では六月十七日となる。まさに初夏、単衣の季節だ。

夏着物としての帷子をつけるには少し早いけど、辛気くさい話が続いたので、私はそう解釈しておきたい。

薄物

先日、友人から恐ろしい話を聞いた。

彼女の家には、祖母が若い頃に着た美しい振袖が残っていた。

その友人とはかれこれ三十年近い親交があり、出会って数年経った頃、私はその振袖を見せてもらったことがある。

お祖母様の年齢を考えると、大正から昭和初期の物だろう。本当に娘らしい、良家の子女が着るに相応しい品だった。

当時はまだ着物に詳しくなかったが、現代の物には及びもつかない質の良さと、大胆でありながら古典的で精緻な図柄が強く印象に残っている。

保存状態も抜群だった。ゆえに友人は成人式のとき、その振袖を身につけた。彼女の妹もそれを着た。もしかすると、彼女の母親も同じ振袖を着たのかもしれない。

一生に一度の晴れの日に、お古は嫌だと言う人もいるかもしれない。が、その振袖の素晴らしさは浅慮をとどめるのに充分だった。彼女の周囲にいる人たちも、振袖の美しさは知っていた。

やがて、祖母が亡くなった。

葬儀の慌ただしさが落ち着いて遺品の整理をしたところ、彼女は件の振袖が見当たらないことに気がついた。

周りに訊くと、父の妹が持っていってしまったという。

振袖の所有者は母方の祖母だ。親の形見とも言い難い上に、遺族に黙って持っていくとは窃盗に等しい行為といえよう。

友人は当然、返却を迫った。しかし、叔母は返さなかった。

叔母には娘が三人いた。そのために振袖が欲しかったのだ。とはいえ、正当性はない。折ある毎に友人は振袖のことを口に出したが、相手は言を左右にするばかり。娘より年下の姪を侮っていたに違いない。

そんなことが続いて数年、遂に友人は激怒した。有耶無耶のまま事を収めようとする叔母に、彼女はこう怒鳴ったのだ。

「もういい。あんたたちは一生振袖着てろ！」

そのひと言で、振袖の所有権は叔母に移った。友人は振袖を諦めた。しかし、それから四半世紀経ってのち――最近になって、叔母は振袖を返却してきたという。

「今更、どうして返してきたの？」

私は尋ねた。

「さあ、知らない。けど、もう娘たちも五十を過ぎたから、振袖なんか着られないでしょ」

澄ました顔で言って、友人は続けた。

「結局、叔母の娘たちは誰も結婚していなかったし」

「え？」

「そうなのよ。みんな独身だったの。ところが、面白いことに振袖を返して半年も経たないうちに、その五十過ぎの娘たちの結婚がバタバタ決まったのよね」

くすくす笑う彼女を前に、私は言葉を失った。

そうか。

一生振袖着てろというのは、一生独身でいろということだ。

友人は知ってか知らずか、非礼な叔母一家に完璧な呪いの言葉を放っていたのだ。

――これは着物の怪談というより、言霊(ことだま)による呪詛(じゅそ)かもしれない。いや、振袖が呪いの依代(よりしろ)ならば、やはり着物の怪異となろうか。

最近の言葉で言うならば、友人は霊感体質だ。しかし、多分、この一件は彼女の資まい。

質とは関係ない。言葉を放ったその瞬間、友人が娘三人の未婚を願ったわけではある

鋭い感情の一撃を放つことは誰にでもある。ただ、その媒体となったのが未婚女性の象徴である振袖だったことにより、感情は呪いとなったのだ。

(時が経つうち、叔母さんは気づいたのかもしれないな)

そして、友人も気がついた。

ふたりが確信すればするほど、振袖は呪物の凄(すご)みを帯びる。だからこそ、その返却により、呪いは容易に解けたのだ。

着物は体を包む着衣だ。

呪われた物で身を包むのは呪いを纏(まと)うことと同じだ。もちろん愛情の籠(こ)もった衣(ころも)を纏えば、その人物は加護を受けよう。けれども、その「出自」や「質」を我々はなかなか見抜けない。ゆえに、アンティークやリサイクル着物を敬遠する人が出てくるわけだ。

私はそれらを愛しているが、それでもすべてを許容できるわけではない。『古着』の章で記したごとく、所有者以外の着用を許さないような着物もある。

見極めることは難しい。が、半月ほど前、知人から「怖いアンティーク着物って、

どこが怖いの？」と尋ねられ、改めて考える機会を得た。

「多分、糸だね」

そのとき、私はそう返答した。

今はプレタポルテの着物も多く、ミシン縫いもある。しかし、昔の着物はすべて手縫い。すべてお誂え（あつらえ）だった。

着物は本来、反物で求める。それを着る人それぞれの寸法に合わせて縫製するのだ。だから、どんな反物であろうとも、最初はたったひとりのために鋏（はさみ）を入れられる。そして、時として所有者や家族自ら針を持ち、着物という形に仕立てるのだ。

お誂えとはそういう物だ。ゆえに未着用の品であっても、リサイクルは廉価となる。反物を着物に仕立てた瞬間、所有者以外にとっては誰かの「お古」となるからだ。

思い返してみれば、私はアンティーク着物のほとんど……いや、すべてを直したり、洗い張りに出してから着用している。

現実的には、それは寸法へのこだわりとなる。だが、その奥には、過去の所有者の手から離れたいという気持ちも潜んでいる。

そのために、一部でもいいから糸を替える。糸を替えることによって、誰かのために縫われた着物を完全に自分の物にして、過去の人にも着物自身にも、ある種の諦めを促すのだ。

もっともこんなことを思うのは、自分の性格ゆえだろう。神経質、潔癖、あるいは臆病。そそっかしいところがあるからこそ、色々慎重に考える。

だが、着物にしろ何にしろ、こだわりというのは人様々だ。私が気にしないことを強く意識する人もいるし、その逆もあるのが当然だ。

古い物すべてが嫌いな人もいれば、どんな物でも気にせず纏う人もいる。平たくいえば、それが個性だ。アンティークだからといって、私のように、あれこれ気を回さねばならぬということはない。

けれども、ただひとつ――昔からアンティークに惹かれた私が言えるのは、自分の「個性」が理由もなく、ぶれたときは注意しろ、ということだ。

急にアンティークが嫌になったり、逆に突然、好きになったり。またはまったく自分の趣味ではない物を突然、欲したとき。

着物に限った話ではない。

そういうときは、何かがあるのだ。

前章に続き、少し夏着物の話をしよう。

夏着物には既に記した麻以外に、紗・絽・羅、そして縮と呼ばれる物がある。

最近では夏大島、夏結城、夏黄八など、袷向きの紬を工夫した新たな夏物も誕生している。

しつこく言い続けているが、温暖化やヒートアイランド現象が止まらない今、着物産業にもこういった新たな工夫は必要だろう。

透け感のある紗・絽・羅などは薄物とも呼ばれている。一番、歴史が古いのは羅だ。羅の織物は正倉院宝物の中にも遺っている。

隙間を空けつつ、撚った糸を絡ませるようにして織っていく羅は、要は網の一種であり、透けるというよりは糸の間から向こうが見えるといった感じだ。見ている分にはレース編みの一種にも思えるが、これを機でやるのがすごい。羅には専用の機がある。

普通の織機で、シンプルに織り出す薄物は紗だ。そこに模様を織り出すと紋紗。生地は「紗がかかる」という表現があるとおり、うっすらと向こうを透き見することができる。

隙間のない平織りと透け感のある紗織りを規則的に組み合わせ、縞を織り出したものは絽と呼ばれる。

間隔や縞の縦横によって平絽（ひらろ）とか三本絽（さんぼんろ）、駒絽（こまろ）、竪絽（たてろ）など様々に呼び分けられている。

絽は三種の中で一番透けない。それゆえか、現在の正装で用いられるのは圧倒的に絽が多い。

歴史の古さは羅・紗・絽の順。涼しさもまた、その順番だ。

また、三種からは外れるが、過去、蟬（せみ）の翅（はね）のように薄いとされたのが「明石縮（あかしちぢみ）」だ。

古いものになればなるほど薄く、大正時代の明石縮などはもう、布を通して掌（てのひら）の皺（しわ）まではっきり映るほど薄い。見ているだけで清涼感が漂ってくるような薄物だ。

ちなみに、現在でも明石縮は生産されている。けれど、昔のものよりは余程厚い。絽や紗の着物もこのところ少しずつ厚くなり、透けの度合いも減っている気がする。

当然ながら、薄物は襦袢（じゅばん）などの下着に気を遣わねばならない。ゆえに、敬遠する人も多いと聞いた。襦袢を着て薄物を纏うより、半襦袢にステテコで透けない浴衣（ゆかた）や麻の着物を着るほうがまったく涼しいというわけだ。

気持ちはわかる。

もったいないとは思うものの、今の気温と常識では仕方ないことに違いない。

昔——昭和中頃までは、着衣も家もひどく開放的だった。

夏場は庭で行水するのが普通の風景だった頃までは、薄物は薄物として透けるのもまた当然だった。

和装用のブラジャーが出てきたのはつい最近だ。それまでの女性は皆ノーブラ。気になる人は晒を巻いたが、赤ん坊にお乳を飲ませるため、電車やバスの中で片肌脱ぎになる女性の姿は、決して珍しいことではなかった。

真偽のほどは定かでないが、女性の着物にある脇の下の空間、身八つ口はそこからおっぱいを出して赤ん坊に含ませるためのものだと聞いたこともある。

また、お婆ちゃんと呼ばれる年頃になると、女性たちは首から手拭を提げ、腰巻ひとつで玄関先に腰を下ろして涼を取っていた。手拭によって、うまく乳首を隠していたのだ。

信じられないだろうけど、少なくとも私の育った東京下町では、そういう姿がまだ見られたし、不謹慎と咎める風潮もなかった。

クーラーなどはない時代だ。衣服での調整は必須だったに違いない（ちなみに男性はステテコ一枚）。

そんな時代につけていた、何が透けても構わないという薄物と、下着の線を気にする現代では趣が変わってくるのは仕方ない。

浮世絵の中には、薄物の下から二の腕がくっきり見えて、長襦袢を着ていなかったと覚（おぼ）しき作品もある。

平安時代、貴族の女性は夏の部屋着として、単袴（ひとえばかま）の上に肌離れのよい生絹（すずし）をつけた。生絹には紗のような透け感があり、風俗を再現した写真では上半身は丸見えだ。

まあ、透ける物を身に着けたなら、肌が見えるのは当然だ。透けるのが嫌だというほうが、本来はおかしいに違いない。

もっとも胸乳露（むなちあらわ）にして、というのは飽くまでプライベート空間での様子であって、外出時の話ではない。

いくらおおらかなお婆ちゃんでも、電車に乗ってデパートでお買い物というときは、腰巻に手拭では出なかった。

お出掛けのとき、お洒落（しゃれ）な人は襦袢の色柄を工夫した。襦袢もまた、夏物は麻や絽や紗で誂える。薄物の透け具合を考慮して、そこに色を重ねたり、秋草や水の柄を配する。

夏の薄物は襦袢によって小紋（こもん）や附下（つけさげ）、紗袷（しゃあわせ）のごとき風情となるのだ。

下着を見せるコーディネートは、洋服だけのものではない。

過去に見て感心したのは、海を描いたその波頭に銀の粒を散らした絽の襦袢だ。

それに薄物を重ねれば、下からちらちら光が漏れる。奥ゆかしいその輝きは、夏ならではの涼味を誘う。

薄物には美しく、そして危うい色気がある。

その美しさを堪能するには、まず涼しげに見せること。これが大事だとされる。

ファッションは自分の身を飾るものだから、人がとやかく言うものではない。それは正論ではあるが、見る側にとって行き交う人は風景の一部だ。

炎天下に澄んだ水の流れを見れば、それだけでホッとするように、薄物を涼しげに着た人と擦れ違うのは嬉しいものだ。

夏の中で、夏ならではの涼を味わう——会う人の目が涼しくなるほどに着こなせたなら、本人もきっと満足だろう。

まあ、どこまで準じられるかは、こだわりや体質次第だが、汗っかきの私にとって、ハードルが高いのは間違いない。

薄物を清水に喩えたが、目が涼しいという意味で、両者は確かに似たところがある。

近代の油彩で、また薄物ではないけれど、黒田清輝の『湖畔』などは涼味を感じる逸品だ。

浴衣姿の女性が団扇を手にして、湖の畔に腰掛けている。

青灰色の縞の浴衣、静かな面立ち、前髪をすっきり上げて結った黒髪すべてに、夏ちなみにモデルとなった佳人は黒田清輝の伴侶、舞台は箱根の芦ノ湖であるという。

こんな女性と水辺にいたら、そりゃ描きたくもなるだろう。

浮世絵にも、夕涼みや川遊びなど、夏着物の人物と水の取り合わせは多い。

川端柳が夕風になびき、遠くに花火、手前に朝顔、あるいは蛍が飛び違い、屋内ならば風鈴、と涼を呼ぶ組み合わせというものは、昔も今も変わらない。

水にも薄物にも、重要なのは透明感だ。それが上手く描けていれば、我々はそこに夏ならではの清涼を得ることが叶うのだ。

以前に見た掛軸も、水と薄物の取り合わせだった。

夜の桟橋の先に、団扇を持った女性がひとり佇む姿を描いたものだ。

いわゆる美人画の部類だろう。多分、時代は大正辺り。竹久夢二を意識して描かれたと覚しき女は、日本髪に黒い薄物、団扇を胸元にした袖が少し風を孕んでいた。

涼しげな、と言いたいところだが、この絵は感心できなかった。

達者な筆ではなかったし、保存状態も悪かったからだ。

絵の所有者は美術コレクターの男性だ。

男性は伯父の友人で、当時もう、初老と言っていい年だった。個人的なことはほとんど知らないが、会社経営者という話で、いつも仕立ての良いスーツを着ていた。

初めに言ってしまうなら、私はその人が好きではなかった。

金に飽かして絵を買い漁り、折に触れて自慢を聞かせる人物だ。

私が美術館に勤めていた頃は、親戚の集まりに、わざわざ絵画を見せにきた。そこでうかうかとお世辞を言えば、××美術館が認めたなどと大声で言い、食べ物が出ている席で絵を広げてはいけないと言えば、生意気だと怒りだす。

そんなわけで私は彼を嫌っていたが、所蔵品は悪くなかった。ピンキリではあるものの、名のある作家の優品も、ひとつならず彼は所有していた。

掛軸は、そんな男が持ってきて、親戚の家の長押に引っかけられた。

「苦労して、手に入れたんだよ」

悦に入った様子で、彼は私たちを見回した。

部屋には数人がいたはずだ。いつもは誰かがお愛想程度には褒めるのだけど、そのときは皆、へえ、と言うきりで具体的な感想を述べる人はいなかった。

私もまた、首を傾げた。

男は近代絵画が好きで、軸装の日本画は収集対象ではなかったはずだ。

加えて、長押に掛けられた絵は、完全に素人の作品だった。

表装も紙だし、軸木も白木だ。誰が描いたかは知らないが、手すさびに描いた作品を小遣いで軸装に仕立てた程度のものではないのか。

男自身への好悪はともかく、

(目のない人ではなかったはずだけど……)

こんな絵を自慢げに見せにくること自体が不可解だ。

コレクションの範疇を超えるほど、この絵のどこが気に入ったのか。

「どう?」

男は私を見た。テーブルを回り込み、私は絵に近づいた。作者の名前は記されてない。余白に染みが浮いていた。

「どこで手に入れたんですか」

訊くと、男は得々として喋り始めた。

「お盆で墓参りに帰省したとき、菩提寺につきあいのある寺の尼さんが来ていてな。コレクションの話をしたら、自分の寺にもいくつか掛軸があるって言うから、見せてもらいに行ったんだ。たいした物はなかったんだけど、床の間に掛けてあったこれが気に入ってね。無理に譲ってもらったんだよ。尼さんはかなり渋ったけどね。まあ、あそこにあるよりは、俺が持っていたほうが保存もちゃんとできるしね」

話を聞きながら、私はまた、テーブルを隔てた位置に戻った。

描かれた川は暗く、桟橋は朽ちかけているようで陰気臭い。川風に微笑んでいる女の顔も嫌だった。意地の悪い顔をしている。

だが、それらを凌駕(りょうが)する強烈な違和感を、私は抱いた。

(何かが変だ)

しかし、何が変なのかわからない。

親戚たちは言葉を発しない。男は私を見つめている。何か言わねばならないだろうが、この絵を褒めるわけにはいかない。

(正直に言ったら、また怒るかも)

仕方ない。

私は口を開こうとした。そのとき——一瞬にして霧が晴れたがごとく「見えた」のだ。

目をしばたたいてのち、私は言った。

「これ、幽霊画ですよね」

「え?」

「紗の着物の下、骸骨ですよ」

ざわめきが上がった。

「うわ、本当だ」

「やだ、怖い」

男は最初から気づいていたのか。いや、ぎょっとして、絵を見直した様子を見ると、多分、気づいてなかったのだろう。

露になった首から上と片腕には肉がある。しかし、黒い薄物から透き見える部分はすべて白骨だった。

それらは一度指摘すれば、あからさますぎるほど明瞭に描かれていた。

だが。

誰にも見えなかったのだ。

心霊写真でもよくある話だ。単なるわかりづらさではなくて、渦中にいる人には見えない。わからない。それが明確になったときには、大概、ふたつの結果が待っている。

ひとつは呪縛が解ける。もうひとつは何かが起きる、だ。

なぜ、絵に銘が記されていないのか。

――記してはいけなかったからだ。

なぜ、尼僧(にそう)が手放すのを嫌がったのか。

――ただの愛着ではなかったからだ。

お盆に絵を出していたのも、きっと理由のあることだ。

周りは俄に饒舌になった。ちょっとした怪談を愉しむ風情だ。男も困惑から徐々に離れて、絵の趣向を面白がった。

しかし、私は言わざるを得なかった。

「お寺に返したほうがいいと思います」


その後、彼が絵をどうしたかは聞いていない。

なぜなら男はあれ以来、私がいるときに顔を出さなくなったからだ。自分を愉快にする人間ではないと覚ってくれたに違いない。

まあ、考えてみれば、水も女も朦朧とした薄物の先も、霊界という涼味を描く格好のモチーフに違いない。蚊帳の向こうや、行灯の火灯りの陰に霊たちはいる。

だから、あの絵もありきたりな幽霊画としてもいいのかもしれない。

幽霊画というのは、物によっては魔除けになるので、所蔵すること自体は悪くない。

しかし最前記したごとく、自分の趣味ではない物を突然欲してしまったときは、着物にしろ掛軸にしろ、充分、気をつけたほうがいい。

そういうときは、きっと何かが潜んでいるから。

文様

十代の頃、誂(あつら)えてもらった小紋(こもん)がある。

最近の小紋は飛び柄が多いが、箪笥から出してきたそれは、隙間がないほどびっしりと、様々な文様が赤、黄、緑、白、灰色などで描かれている。

記すと派手に思えるが、色と模様が密なので、遠目で見るとむしろ地味だ。そのため、母はこの着物をあまり着せてくれなかった。しかし、私は気に入っていた。

文様は宝尽くし。

打出の小槌(こづち)、如意宝珠(にょいほうじゅ)、宝鑰(ほうやく)、金嚢(きんのう)、分銅、宝剣、宝輪、巻物、軍配、丁子(ちょうじ)、隠(かく)れ蓑(みの)、隠れ笠など。

打出の小槌と如意宝珠は願いを叶え、宝鑰、金嚢は金運を。分銅も富の象徴で、巻物は知恵、軍配は采配、丁子は健康長寿のシンボルで、隠れ蓑と隠れ笠は危険から身を守る物とされている。

まさに宝を尽くした文様は、除災招福のアイテム揃いだ。

幼い頃から、縁起物やオマジナイが好きだった私は、この小紋を見るたびニコニコしていた。しかし、本当に地味なので、着物はほぼしまいっぱなし。先日、それを取り出して、ああ、漸く似合ってきたかな、と再びニコニコしたのだった。

もう一枚、十代の頃の着物がある。

同じく小紋ではあるが、こちらは思いっきり派手だ。扇面散らしの地模様を織り出した紋綸子の地に友禅染。黒地に大きな亀甲が並び、その中に優しい民芸調で鳳凰らしき鳥が染められている。

綸子はそれだけで華やかなので、小紋とはいえ、晴れ着感覚だ。そして、ここにも扇に亀甲、鳳凰という吉祥文様が施されている。

着物は招福の柄で満ちている。

見えざる災禍を避けるため、あるいは幸運を引き寄せるため、文字のなかった時代から、人はその肉体を魔除けや招福のチャームで飾った。

特に効力が期待されたのが、宝石や貴金属の類だ。

水晶や翡翠は万能の魔除けであると同時に呪具であり、金銀も加工してお守りとなった。往時は貴重だった硝子も水晶と同じく珍重され、トンボ玉もまた呪能あるアイテムとして用いられた。

特定の素材や形に呪力を見出して用いる行為は、旧石器時代まで遡るとされ、古代文明の栄えた場所では漏れなく石や貴金属のチャームが発掘されている。日本も同じく、縄文時代の遺跡からはネックレス、イヤリング、ブレスレットなどが出てきている。今見ても美しいこれらの品は、多分、誕生した瞬間から、装身具としてもてはやされたに違いない。

時代が下るに従って、ネックレスも指輪もすべて、呪具としての意味よりも、石の稀少性やデザインが優先されるようになっていく。そして宝飾品が発達した国の衣装は、無地に傾いてパターンに凝ったり、ジュエリーを強調するために露出が多くなったりした。

飛鳥時代まで、アクセサリーは確かに日本人の身を飾っていた。

にもかかわらず、それ以降、江戸時代が終わるまで、我々はほとんどの衣服に宝飾品を用いなかった。皆無ではないが、それを主としたファッションが定着しなかったのだ。

なぜだろう。

魔物から身を守る必要を感じなかったのか。

いや。日本人は着物そのものをお守りとして身に纏(まと)うことを選んだのだ。

平安時代の皇族や貴族の装いは、無地の布を重ねたように見えつつも、地模様に吉祥文様を織り込んである。ただ、染め色はとりどりながら、染色で精緻な文様を描き出すにはまだまだ技術が未熟だった。

布に柄を描くのは、草木の花や葉を絞った汁でまだらに染めるか、型紙を置いた上からそれらの汁を擦りつけたりするほかになかった。

それでも、だ。私たちは布と紐だけで魔物と勝負しようとし続けた。

貴金属や宝石の類を捨てたのは、鉱物資源が少なかったからなのか。否。水晶に代表される貴石の類や輝く金属のほとんどは、生身の人間を飾らずに、仏像や仏具のために用いられた。

大仏様は黄金で、明王像の目は玉眼。弘法大師が持っていた数珠は、水晶と瑪瑙を連ねてある。しかし、それらの素材を用いたネックレスは存在しない。

アクセサリーの存在を忘れたというわけではあるまい。仏像にはネックレス、イヤリング、ブレスレット、アンクレットと揃っている。なのに、それらをお手本にしようとした形跡はない。

御仏と同じものをつけるのは、畏れ多いという気持ちがあったのか。否々。世界の宗教のほとんどは、その神像や神殿に貴金属や宝石を用いている。それでいながら、人々も好んで宝石を身に帯びた。中国の皇帝などは身を絢爛の吉祥文様で埋め尽くし、なおかつ玉(ぎょく)をつけている。

ならばなぜ。

本当の理由は知らないけれど、私の中での答えは出ている。

それは日本人は布が……ともかく布が好きだったからだ。


先日、アンティークの店で古裂(こぎれ)を見ていたとき、知人が考え深げに言った。

「日本人は、どうしてこんなに布を大切にしたんでしょうね」

手にしていたのは十八世紀の古渡更紗(こわたりさらさ)。海を越えて、インドから来た古い木綿の布である。

元々、天蓋(てんがい)だったとされるその布は状態の良い部分だけを継ぎ接(は)いで、裏打ちで補強されていた。

凄(すさ)まじいのは、その継ぎだ。大胆に布を合わせて、新たな模様を作っているところもあれば、細かな花のひとつひとつがぴったり合うよう、工夫してある箇所もある。

そして何より縫いの見事さ。少し離れれば継いだことすらわからない、見事な技術で布を活(い)かしきっている。

三百年間、どう保存され、どれだけの人の手を経てきたのか。詳細は不明ではあるが、この更紗に敬意と愛着を抱いた人々が、一枚の木綿を大切に伝え続けてきたのは確かだ。

正倉院裂をはじめとして、日本人は異国の布に酔いしれてきた。

室町時代以降、中国から金襴や緞子が輸入されると、大事に大事に扱われ、茶道具を包む仕覆などに活用された。「名物裂」と称されて伝わるものもその中にある。

長い時を経た裂は、状態や来歴によっては驚くような値がつく。

「裂」を扱う京都の名店『古代裂 今昔西村』のホームページには、その一端を窺わせる記事がある。

「特に貴重な裂は、曲尺（かねざし）の一寸角を一坪として売買しております。例えば坪１０，０００円の裂地が官製葉書の大きさ（16・17坪）ございますと、１６１，７００円といったように土地と同じような取引をし、限りなく小さなものまで利用されてきたのでした。」

曲尺の一寸は約三・〇三センチ。文字どおり、吹けば飛ぶ端布が一万円だ。

値段も怖いが、それよりも恐ろしいのは、この値段が当然のごとく語られていることだろう。古裂商にとって、この金額は決して大袈裟ではないに違いない。

日本人は爪の先ほどの小さな裂も大事にし、寄せ裂（パッチワーク）にしたり、見本帳を作って、ただ眺めて楽しんだ。

こんなふうに裂を扱う国は、どうも日本以外にはないらしい。

近頃、インターネットでは趣味や創作媒体に没頭、耽溺することを「沼」または「沼落ち」と呼ぶ。私自身、着物沼にハマっている自覚はあって、それがかなり経済を圧迫しているのだが、古裂沼に落ちたなら、多分、身上を潰すだろう。

しかし、古裂は魅力的だ。

最近、気づいたことなのだが、着物好きには二種類いる。

自分で着なくとも着物が好きな人と、自分が身につけるファッションとして、着物が好きな人たちだ。

お洒落度が高いのは後者のほうで、そういう人々は様々な工夫やアレンジをして、着物を現代の町並みと自分に合うよう、模索する。洋服に着物を合わせたりして楽しむ人は、主にこちらだ。

一方、着物自体が好きという人は、形や技術に、そして布自体に執着する。古い着物は切り継ぎや片身替わりにして再生するが、着物という形からは離れないので、着付けはトラディショナルだ。織りや染めの技法にやたらと詳しい人がいるのは、こちらのほうだ。

無論、これはごく大雑把な分け方で、普通のファッション同様に特定の染織や作家が好きな人もいれば、職業上、一定の制約がある中で楽しみを見つける人もいる。そして、それらすべてを兼ねて、コーディネートの妙を見せてくれる達人もいる。徒に枠に嵌めるのは危険だ。しかし、私は多分、後者に属する。しかもアンティーク好きなので、古裂沼にはあと一歩。今現在は辛うじて自分が纏う服として着物を認識しているゆえに、古裂沼に浸からずにすんでいるというだけだ。

実際、布に対する思いは強い。

そのひとつが、アンティーク着物には、極力、鋏を入れないというマイルールだ。『薄物』にて、以前の所有者と決別するため、糸を替えるという話をした。が、古い着物は過去からの預かり物だという認識もある。良い着物であればあるほど、私が着なくなったのち、未来の誰かの手に渡り、大切にしてほしいという気持ちがある。だから、丈を詰めるときは、内揚げという方法で布を折り込んで縫ってもらう。

次にその着物を手にした人が、私より背が高かったとき、着られない、ではなく、内揚げを出して着られるようにしておくのだ。

そうでなくとも、百年単位で大切にされてきた物に、軽々と鋏は入れられない。それこそ着物に祟られそう……。

こんなことを思う私には、きっと布好き族の血が色濃く流れているのだろう。

古裂沼の一族はそれより激しく、切手サイズの裂までも押し頂くように扱って、掛軸の表装や、仕覆、刀袋、扇袋などにして愛でた。

愛された裂は絹だけではない。木綿の更紗も同様だ。

更紗もまた、室町時代に日本に伝来したとされ、名物裂と同じ扱いを受けた。

そのほとんどはインド産で、当時、インドとの貿易が盛んであったオランダやイギリスの貿易船によって日本へもたらされたらしい。

これらは「古渡更紗」と呼ばれ、当時の富裕層や数寄者に熱狂をもって迎えられた。

京都祇園祭の山鉾のひとつ、南観音山の胴懸には、かつてはインド更紗「茜地鶴松山水文様更紗」が用いられていたという。

流行最先端の舶来物で、我が町の鉾を荘厳する……得意満面の町衆を想像するのも楽しいが、これは間違いなく、金襴緞子に劣らぬものとして更紗が珍重された証だ。

少し時代が下ったのちには、タイ更紗やインドネシアのジャワ更紗も輸入され、こちらも同じように大切に、古渡更紗として伝わっている。

更紗は日本のみならず、ヨーロッパでも爆発的な人気を博した。その人気は凄まじく、フランスでは「更紗輸入禁止令」が出されたほどだ。

しかし、悪しく言うならば、たかが木綿の布一枚だ。

それが何故、ここまで人を熱狂させたのだろう。

理由として挙げられるのは、当時は木綿布自体が珍しかったこと。加えて、木綿への染色——特に茜染めが綿栽培以上に困難だったことである。

殊にインド更紗は赤を主とした鮮烈な配色に、布のすべてを埋め尽くす多様でエキゾチックな文様を持つ。当時のヨーロッパや日本の染織とは、まったく違う美しさだ。

木綿の技術は栽培から染めまですべて、東南アジアが何歩も先を行っていたのだ。

そんな素晴らしい布が、豊潤な異国情緒を漂わせて、はるばる海を越えてやってきた。

もてはやされないわけがない。

だが、各国の染織業者も、手をこまねいていたわけではない。模倣と研究は怠らなかった。

ヨーロッパでは産業革命を経たのち、遂に更紗の量産に成功し、それが今のコットンプリントやファッションプリントの礎となった。

日本でも、更紗は各地で製作された。

江戸も末になると、鍋島更紗をはじめ、長崎、堺、京都、江戸などで更紗が作られている。

その頃になると、庶民にも更紗は手に取りやすくなり、渡更紗をはじめ、国産「和更紗」の帯や襦袢を纏った美女の姿が浮世絵に現れてくる。また、莨入や紙入にもふんだんに更紗が用いられた。

ちなみに、縞も起源は古渡更紗にあるという。

外国の島から渡ってきた模様ということで、縞は最初「島物」と呼ばれ、江戸時代に「縞」と記されるようになったといわれている。

なんだか人類すべて、更紗の沼に溺れているといった感じだ。

「和更紗」が作られた当時は、客用の布団皮として用いられたものも多かったという。渡更紗の模造品と見なされたのか、生産量が多かったのか。それはわからないけれど、これもまた大切に伝えられてきたのは間違いない。

ある日、店で見た和更紗は二百年近く経っているにもかかわらず、新品と見まごう品だった。

「素晴らしい保存状態ですね」

染めも生き生きとしているし、裏地にも染みひとつない。

私が感嘆の声を放つと、店主は得たりと頷いた。

「よほど大切にしていたのでしょうね。洗濯もできないのに」

「は……？」

「洗えない。和更紗は洗えないんですよ」

当時の日本の技術では、まだ様々な色を使って木綿に柄を描くことは難しかった。ゆえに平安時代と同じ要領で、型の上から色を塗り込んだのだという。

いわば、布に染料が載っているだけの状態なので、洗濯をすれば模様はなくなる。強く擦れば剝げてしまう。和更紗の裏が真っ白なのは、色を載せただけの証拠だ、と。

「なんですと？」

インド更紗は少し手荒く洗っても、色は落ちないと言われている。それ以前に、着物好きなら、木綿は水に強いから雨の日でも着られるし、自宅で洗濯できるゆえ、手軽だという常識がある。

それが和更紗に限っては、洗い張りもできないとは。

浮世絵の中、得意げに和更紗を纏う美女たちは、手入れができない、洗えない、汚れたらオシマイという贅沢をも楽しんでいたというわけか。

知らないことはいくらでもある。

店主の言葉に、私は心底仰天した。が、それ以上に驚いたのは、水も通せない和更紗が真っ新の初な状態で、今に残っていることだった。

本当に……どれだけ布を大切にして、どれほどの愛情を持って接してきたのか。

木綿の更紗が洗えるようになったのは、明治の末以降、化学染料が出てきてから。

それまでの和更紗は、ただひたすら大切に扱われてきたわけだ。


世界の染織の発展に、更紗は大きく貢献した。

日本では友禅の柄付けに影響を与え、小紋を染める型紙の発展、成熟に寄与した。

現在も、更紗模様と呼ばれるものはよく見る。が、実は更紗模様という柄は、厳密な意味では存在しない。

記してきたとおり、更紗は染織技法を指す言葉だ。柄は幾何学模様から、花鳥、人物、動物、風景などなど。エジプト由来のコプト文様も更紗の一種だ。

柄のみの特徴を言うならば「異国風」「南国風」ということになろうか。今見る「更紗模様」のほとんども、そんな感じになっている。

しかし、縞がすっかりと日本に定着したのと同様、溶け込んでしまったものも数多い。

古渡更紗の定番である三角形を並べた鋸歯文(きょしもん)は、赤穂浪士(あこうろうし)の意匠として、歌舞伎の舞台で採用された。そして、そこから「だんだら」と呼ばれる新選組(しんせんぐみ)の羽織(はおり)の模様ができたのだ。

鋸歯文は古今東西、世界中で用いられており、弥生時代の土器や古墳にも描かれている。ゆえに、すべてが更紗由来とは言い難(がた)いものではあるけれど、よもや浪士の衣装デザインが古墳から発想を得たわけではあるまい。当時の流行の最先端、更紗から来たのは間違いなかろう。

大雑把に言ってしまうが、鋸歯文には魔除けの意味がある。鋭角の連なりが鋭い牙または剣となり、悪霊どもを退けるのだ。

この文様は着物としてはオーソドックスではないけれど、三角形を連ね重ねた鱗(うろこ)文(もん)はお馴染(なじみ)だろう。

能では道成寺(どうじょうじ)ものや『葵上(あおいのうえ)』『鉄輪(かなわ)』または『紅葉狩(もみじがり)』など、恋をこじらせた女性の執心や、美女に変じた鬼を表す演目の衣装に使われている。

この場合の鱗文は、蛇(じゃ)即ち邪(じゃ)として用いられている。しかし、鋸歯文同様、これもまた立派な魔除けの文様だ。

特に厄年に当たった女性は、鱗文または七色の伊達締(だてじめ)をつけることで、厄が除けられるといわれている。

七色は虹に通じる。雨と関係する虹は、古代、龍蛇(りゅうじゃ)と見なされた。鱗文ももちろん蛇だ。女性たちは伊達締という名の着付けの紐(ひも)に、蛇の呪力を籠(こ)めて身を守った。

良くも悪(あし)くも、鱗文は女性のもの。そして例は少ないが、鋸歯文は男性向けということか。

ここで最初の命題に戻ろう。

布と紐だけでの魔除け勝負だ。

更紗が流行したことで、染織技術は発展を遂げた。それに伴い、吉祥や僻邪(へきじゃ)のシンボルは、様々な色と技法をもって着物の表に躍り出た。

縁起の良い文様としては、先の宝尽くしで記したほか、鶴亀、松竹梅、瑞雲(ずいうん)、七宝(しっぽう)繋(つな)ぎ、龍、鳳凰、唐獅子、紗綾形(さやがた)など。

すべて長寿や富貴のシンボルで、紗綾形は「不断長久」の意味を持ち、家の繁栄や長寿を願う。

平安時代、公家の装束などに用いられてきた、いわゆる有職文様(ゆうそくもんよう)も生地の地模様から離れ、染めとして気軽に表に出てきた。

代表的な文様は小葵文(こあおいもん)、菱文(ひしもん)、唐草文、立涌文(たてわくもん)、亀甲文、七宝文、雲鶴文(うんかくもん)、窠文(かもん)など。当然ながら皆、めでたい。

舶来品の裂の中、名物裂として伝わる裂地が現在二百種類ほどある。それもまたすべて、慶事に相応(ふさわ)しい文様として扱われた。

中には何がめでたいのかわからないものもあるけれど、貴人の手の中で残り、伝わってきた文様を、人々は富貴や長寿のシンボルと考えたのかもしれない。

いずれにせよ、有栖川錦文様にあるカクカクとした鹿などが、愛らしい型染めになっていたりするのは楽しい。

動植物にも意味がある。

鴛鴦は夫婦円満、狸は「他を抜く」縁起物、犬や兔は安産、子宝。フクロウは「不苦労」で、猫は長寿の象徴だ。

中国では「猫」の発音が七十過ぎの老人を表す「耄」と同じため、長寿のシンボルとして用いられた。また、蝶も八十歳の人を表す「耋」と音が似る。ゆえに、猫と蝶を組み合わせた図柄には、延命長寿の意味がある。蝶と戯れる猫の図は、ただ可愛いだけではないのだ。

竹に雀のデザインは取り合わせの良い一対とされ、縁結びの意味を持つ。

菖蒲は勝負と尚武を兼ね、蜻蛉は勝ち虫と呼ばれ、ふたつとも武家に好まれてきた。

ペルシャから伝わった葡萄文様は、ひとつの房に実が連なることから富貴と子孫繁栄で、瓢簞も種が多いため、子孫繁栄と商売繁盛。六つの瓢簞が描かれれば「むびょう」即ち無病となる。

但し、瓢箪と鯰の組み合わせになると、瓢箪で鯰を押さえるごとく、要領を得ない人の意味になり、奇想天外なことを表す「瓢箪から駒」同様に滑稽味の強い図柄となる。

……とても語り尽くせはしないが、渡来のものから日本独自の柄付けまで、吉祥文様は限りなくある。

四季折々の花鳥風月も数え切れない。それらの季節を先取りするのが、着物の世界では推奨されるが、これにも予祝(よしゅく)的な意味があるのかも、などということも思ってしまう。

当然ながら、すべての文様は着物に限らず、調度や家屋にも用いられてきた。しかし、すべてが一同に、自由に集うのが着物なのだ。

魔除けとしては前述の鋸歯文、鱗文と共に籠目(かごめ)と麻の葉が代表となろうか。

籠目文は五芒星(ごぼうせい)、六芒星という強力な護符だ。これは竹で編まれた隙間のひとつひとつを目ととらえ、沢山の目の力によって魔を退けるとされたためだ。

麻の葉文様は、大麻の葉をデザイン化したもの。伊勢神宮のお札に「伊勢大麻(いせたいま)」とあるごとく、古来、大麻は神の宿る植物とされ、大麻繊維は祓い具として強い力を持ってきた。それにあやかってできたのが麻の葉文様だ。

ちなみに『帷子(かたびら)』の章で取り上げた麻は、大麻(ヘンプ)ではなく苧麻(からむし)(ラミー)だ。

日常生活の中での大麻は繊維として重宝されたが、着心地という点では苧麻のほうが上だった。ゆえに上布と呼ばれる高級な麻布や、上流階級が身につけたような帷子はほとんどが苧麻で織られている。両者はまったくの別もので、加えて亜麻（リネン）も麻と記されるので、着物好きや布好きは注意されたい。

もうひとつ、魔除けで用いられるのは春画や幽霊、髑髏の柄だ。

春画は性行為を描いた柄だ。命を生み出す行為や器官は、死の対極にある。それがために死に繋がる禍は退き、自らは生命力を纏うのだ。

幽霊や髑髏はその逆で、死に近いものを帯びることで、もう充分間に合っております、と、死神を門前払いする。

これらの柄は通常、表に出すことはなく、羽織の裏や襦袢に用いられた。

幽霊などは具象的に描かれるが、鱗文にしろ籠目、麻の葉文様にしろ、吉祥文様に比べると、魔除けはシンプルで幾何学的な図形が多い。加えて、時空を超えて、様々な民族の中に類似した文様が見出せる。

たとえばアイヌ民族の代表的な文様は、モレウ（渦巻）・アイウシ（棘）・シク（目）の三つだ。

モレウは力、パワーのシンボル。渦巻模様は縄文土器や大陸由来の唐草文様にも通じ、世界各国で魔除けとされる。また、途切れることなく渦を巻いていく様から繁栄や長寿、生命力の象徴にもなっている。

アイウシの棘は鋸歯文と同じだ。シクの文様は籠目と同じ。この三つは世界共通、太古から続く呪力を持っている。

染めの話をしてきたが、絣も決して負けてはいない。

絣の技法も更紗と同じく、インドで生まれて東南アジアで発展し、室町時代に琉球へ伝わったとされている。そしてやはり木綿の輸入や技術の発展と共に、多彩な吉祥文様がちりばめられるようになっていった。

琉球絣の中、目を引くのは八重山ミンサーだ。

ミンサーは本来、木綿で織った男性用の細帯を指す。

元々は、愛する男性に女性が贈ったものだった。二本の線の間に、五つと四つの四角形を花のように並べた柄は「いつ（五）の世（四）までも末永く」という願いが込められている。

帯で綴るラブレターだ。

琉球では女性の霊力が強く、姉妹や妻や恋人が男性を守護するという考えがあった。なので当然、この帯もただのラブレターではなくて、大切な人を禍から守るアイテムとして機能した。

江戸時代になると、もう一種、強い意味を持つ帯が出てくる。

博多織、博多献上だ。

着物好きなら知らない人はいないだろう。

献上の名は、江戸時代に黒田藩が徳川幕府に献上したことに由来する。

織り出されているのは、連続幾何学模様で作られた縞。

タイヤ跡みたいな文様は、密教において煩悩を打ち砕く法具・独鈷を表す。花菱の連続に見える柄は、御仏を供養するときに用いる華皿とされる。

それらの間には、二種類の細い縞が織り出されている。

太い線が細い線を挟むのは「親子縞」と言われ、「親が子を守る」という意味。細い線が太い線を挟んだ縞は「孝行縞」で、「子が親を慕う」意味があるという。

仏の守護と家族の守護、そして愛情が博多献上には籠められている。

お守り、魔除け、長寿、富貴、子孫繁栄、縁結び……我々は大好きな布にそれらのすべてを染め、織り込み、身に纏った。

但し、男性の着物は総じて地味だ。そのため、彼らは襦袢や羽裏に凝ったり、印籠や巾着、莨入などの提物を縁起物や更紗で飾った。

また、肌を露出する仕事の人々は、着物の柄にもなるような美しく大胆な刺青を彫った。

身を守るのに、何かが必要だという認識はあったのだ。

中国の肖像画を見ると、皇后をはじめとする貴族の女性たちは着衣を吉祥文様で埋め尽くし、その上に玉を中心としたネックレスを着けている。

日本の女性は結った髪に簪を挿したが、首から下は布と紐だけだ。ゆえに纏うこと、結ぶこと自体も強く意識した。

藤原覚一氏は『図説　日本の結び』（築地書館　新装版）の冒頭でこう書いている。

「人間の生命をささえ、生活を進めてきた画期的な力となったのは、火と結びの発見であった」

拙著『お咒い日和　その解説と実際』（KADOKAWA）でも記したが、糊も釘もない時代、藤蔓などで石器に柄を結びつけることにより、狩猟や農業の効率は飛躍的に発達した。紐を結んで網ができれば漁業も発展し、竹籠が編めれば容器も軽くなる。家も建ち、衣服も整う。結びは現実的な技術だが、それが与える恩恵は神秘的なまでに大きい。

その中、日本人は古くから、「結び」というのは魂を結び入れ、結びつけることだと考えてきた。だから、帯が解けたり鼻緒が切れたりすることに意味を見出し、時に禍の予兆とした。

『万葉集』の時代には、恋人同士が別れるとき、下着の紐である下紐を互いに結び合う習慣があった。そしてそれは再会するまで、そのままでなければならなかった。片方が旅に出るときも無事を願って紐を結んで、魂を祝い込めたという。

そのために、結び目が解けたり切れたりするのは不吉とされた。が、一方では自然に下紐がほどけることを、相手が強く自分のことを思う証とする考えもあった。

いずれにせよ、結びにはなんらかの魂が籠もるのだ。

祝儀・不祝儀袋に掛けられる水引も「結び」だ。

婚礼時と弔事の水引は、引っ張ってもほどけない「結び切り」という形に作る。これは二度あるべきではないという気持ちが込められている。一方、普通の慶事に用いる水引は、端を引けば容易に解けて、再び結び直すことが可能だ。こちらは、喜び事は何度もあるようにという願いと呪が込められている。

この考えは帯結びにも生きている。

礼装時の帯は丸帯か袋帯を用いて、二重太鼓という結び方をする。だが、第一礼装であるにもかかわらず、喪服の帯は名古屋帯。背中のお太鼓を二重にせず——不幸が重ならないように一重太鼓を結ぶのだ。

お太鼓結びが考案されたのは幕末で、袋帯と名古屋帯が創案されたのは大正末期だ。着物の歴史と比べれば、つい最近のものと言っていい。それに早速、吉凶の意味づけをするのが面白い。

日本人は本当に験担ぎが好きなのだ。

「結び」より強い意味を持つ言葉には「緒」という言い方が存在する。「緒」の文字が用いられたとき、そこには命懸けの力が込められた。

「玉の緒」という言葉があるが、これは魂と肉体を結ぶものという意味だ。母体と胎児を繫ぐ組織を「へその緒」という名前で呼ぶのも、切れると命に関わるからだ。

結ばれているから、命がある。

吉き文様で覆い尽くされた着物に腰紐を結んで、厄除けの意味を持つ伊達締を結んで、縁起の良い柄の帯を結んで、帯締を結んで、しっかりした鼻緒の履物を履く。

もう、完璧と言っていいだろう。しかし、それだけではまだ終わらない。

「縫いとめる」という行為にもまた、私たちは呪力を見出した。

赤ん坊の着物は背縫いのない「一つ身」と呼ばれるもので、結ぶべき紐も少ない。ゆえに、魔に魂を奪われないよう、背中に吉祥文様を縫いつけた。

「背守り」と呼ばれるその意匠は様々ある。が、一番シンプルな背守りは、やはり「結び」――糸を玉結びにして縫いつけたものだ。

しつけ糸にも色々ある。

以前、新しい着物を作って、夕飯ののち、しつけ糸を取ろうとしたとき、母にいきなり叱られた。

「夜にしつけ糸を解くんじゃない！」

しつけ糸は陽のあるうちに、日を選んで取れと諭された。

そのときは驚き呆れたが、考えてみれば、しつけ糸を解くというのは、着物に命を与え、我がものとして着るための行為だ。陰気の勝る時間帯や仏滅にするものではないのだろう。

しかし、しつけ糸は細いので、全部を取ったつもりでも、残ったまま出かけてしまうときもある。そうしてしまうと、なぜか貧乏になるとも伝わる。

私もやらかしたことがあるけれど、大きな禍の予兆よりトホホな感じが強いので、くれぐれも注意してほしい。

とはいえ、これも一面的なものではない。

客商売や水商売の人は、着物に残ったしつけ糸を他人やお客に取ってもらうと「引きが来る」とされている。

以前、こういうことがあった。

知り合いのところに、銀座のバーのママさんが来て「しつけ糸を取って」と言ったのだ。

聞けば、取り損なったしつけ糸を、たまたまその知人に取ってもらったところ、良いお客さんが来たのだとか。

「しかも、一度じゃないのよ」

彼女は言った。

験担ぎの意味を教えてもらったママさんは、再び新しい着物を下ろしたとき、また知人に取ってもらった。すると、またまた、その晩、店は賑わって、良い顧客ができたのだという。

だから、今回も。

ママさんは片袖に残った糸を示した。知人は快く、それを抜き取った。

と、同時に、携帯電話が鳴った。

「あら！　お久しぶり」

彼女は声を弾ませながら、私たちに大きくウインクしたのだ。

験担ぎというのは侮れない。

毎年、浴衣の時期になると大量発生するのが「左前」の人だ。

お気づきの方もいると思うが、着物を左前にして着るのは女性が大半だ。

思うにこれは洋服のシャツの合わせが、男性は右前であるのに対し、女性は左前で仕立てられていることに原因がある。だから、無意識に着物を合わせると、女性は左前になってしまうのだ。

そういう人がSNSなどに写真を上げると、一斉に叩かれて気の毒になる。中には「何が悪い」とか「他人に迷惑をかけているのか」とか開き直る人もいる。

別に悪くもないし、迷惑でもない。いわば、単に不吉なだけだ。

ただ、そういう人を見るたびに、これから運が下がるのかとか事故に遭わなきゃいいんだけど、と気を揉むのは面倒臭い。

左前が不吉とされる理由は言わずもがな、死装束、経帷子の着付けだからだ。ゆえに、別名は「死人合わせ」だ。

人生の終焉は最も厳格な節目であるが、生者にとって死は忌むべきものだ。ゆえに、生と死を峻別するために、死者の周囲から「常」を遠ざけ、装いを日常の逆とした。

これを「逆さ事」という。

死後の世界は生者の世とはあべこべの、裏返しになっている。だから、そこに赴く人は、あの世に相応しい出で立ちをさせて送るという説もある。

逆さ事には、死者の枕元の屏風を逆さまに立てる「逆さ屏風」や、生前着ていた着物を経帷子の上に掛ける際、天地を逆にする「逆さ着物」、布団を逆さにする「逆さ布団」などがある。略されたり、時代に合わなくなったものもあるけれど、仏教式である限り、現代でも守られているのが経帷子の仕立てと着付けだ。

経帷子は、仕立て方からして普通と違う。

糸には結び目を作らず、玉留めをしない。返し針はしない。ひとりで縫わない。しつけをつけない。掛衿はつけない。絎けない。背縫いのきせは逆につける。

結び目を作らないのは、最前語った結びの呪力——魂を結び留めてはいけないからだ。返し針も帰ってこないようにとのマジナイで、いずれも速やかに浄土に向かうための作法だ。

経帷子を着せるときは、紐や帯を片結びの立結びにする。

片結びは弔事の水引と同じく、二度繰り返さないようにする結び方。立結びは通常ではしない逆さ事だ。

そうして、足袋を左右逆に履かせて、着物の合わせも左前にする。

これが死者の旅立ちの準備だ。

生者が真似るものではないし、左前という言葉には家運が傾くという意味もある。

どうしたって縁起が悪い。

そうだ。左前などと遠慮がちな言い方ではなく「死人合わせ」が普及すれば、もっと皆、気をつけるのではなかろうか。

花火大会にゾンビが徘徊(はいかい)しているのは、いくらお化けの季節とはいえ、あまり気持ちの良いものではないし……。


吉祥文様について語っていたのが、辛気くさい話になってしまった。

それでも、日本人が布に愛情を持ち、着物と帯、紐だけで吉凶すべてを調律しようとした意気込みは伝わるだろう。

再び、日本人が着衣の上にアクセサリーを着け始めたのは明治以降だ。

西洋人の服を見て、そういえば首飾りとかもあったよね、と思い出しでもしたのだろうか。

いや、洋服を好むようになり、着物から離れれば離れるほどに、除災招福のチャームは減っていく。「結び」がなければ、魂を堅持することも覚束ない。

ゆえに、我々は頼りなくなった衣服を補うために、金属や石に頼みをかけて、身を守ろうとしているのだ。

宝尽くしの小紋を手に、私はそう確信している。

おわりに

原稿を書いている最中、ふと思い出して着物を取り出す。

畳紙(たとうがみ)を広げると、美しい色や織りが溢れる。

覗(のぞ)き込(こ)み、触れ、広げて羽織り、肌触りに陶然として、足元に緩く広がる裾や、袂の重み、また軽やかさを確かめて。明かりの下にて顔を近づけ、絹の燦(きら)めきや木綿の風合い、涼しげな麻の内に潜んだ野性味を見て溜息をつく。

そうして気づくと、時計の針は短針までが進んでいる。

着物という憑(つ)きものは厄介だ。

憑きものが落ちない原因は、日本で暮らしている限り、どんな場所からでも着物の気配が漂い出てくるからだ。

過日、木綿の着物を洗って物干し竿に掛けたとき、あっと気づいたことがある。

外国の旅番組で、洗濯物を干している景色が流れることがある。窓から窓に紐を渡してシャツを干しているのを見ると、異国情緒を感じると共に、なぜ日本は紐ではなくて竿なのだろうと、いつも不思議に思っていた。

それが、着物を洗ってわかった。

着物の袖をまっすぐ干すには、袖を棒に通すのが一番だからだ。棹が作りつけでなく、取り外せるのも、そのためだ。

草履を履いて、気づいたこともある。

この履物の形は、土足のまま上がらない家の構造だからできたのだ。草履や下駄なら、足を傾ければすぐに脱げるし、突っかけてそのまま駆けだすことも簡単だ。

ドアノブに袖を引っかけて破くという事件をときどき聞くが、これもまた和室の引き戸ならば起こらない。日本の生活空間は、和装と響き合っているのだ。

着物の気配はどこにでもある。憑きものが落ちるはずはない。

着物の怪談というのは、大まかにふたつのパターンに分かれる。持ち主に関わるものと、付喪神化した着物の話だ。そう考えていたところ、

「この間、着物の幽霊見ちゃった」

お茶を飲みながら、友人が言った。

「着物を着た幽霊？」

「ううん。紫色の着物の幽霊」

「どういうこと」

「友達の後ろに紫色の着物が見えて、なんだろうと思っていたら、彼女、紙袋から同じ色のセーターを出してね。お姉さんの着物を裂いて編んだ紐で、自分でセーターを作ったんだって」

「じゃあ、着物を着たお姉さんが見えたの？」

「お姉さんはまだ生きてるよ。私が見たのは着物だけ」

一体、どういう状態なのか。物干しに干してあるような形で着物が見えたのか。それとも、透明人間を包んだように見えたのか。問い直しても、彼女は着物が見えたとしか言わなかった。

理解できたのは、セーターになってしまった着物が、着物として現れたこと。つまり、着物の「生前」の姿。現れたのは、着物の死霊――ということだ。

裂いていい程度のものであっても、持ち主の思い入れが強くなくとも、着物は着物というだけで魂を持っているというのか。

多分、きっとそうなのだろう。

思い返してみれば、この国は反物ですら妖怪になる。それが人に近い形を取ったら、ただのアパレルですむはずがない。

それらの囁きに耳を傾け、着物がより美しく自分の身に添ってくれるよう、着物好きたちは考える。

この間は堅い席だったけど、今日は友達と遊びに行くから帯は気軽な物にしようか。羽織は木綿の縞なんてどう？

無意識に着物との会話を楽しみ、愛を注いで、育てていくのだ。着物という名の魂と相思相愛になるために、私たちは心を砕く。

だから、着物憑きは手に負えない。

ほら。記しているうちにもう、着物が着たくなってきた。お喋りしたくなってきた。

母から譲られたあの紬、ちょっと出してこようかな。

令和元年　十一月　吉日

加門七海

本書における主な和装関係用語

＊【】内の章で記される用語を主にまとめています。

【帯留】

三尺帯　元々は長さが約三尺、一メートル強ある男性用の一重帯。本文では子供用の薄い帯の意として用いた／**アンサンブル**　羽織などのアウターを着物と同じ布で作ったセット。最近、女性物はあまり見ない／**帯締**　帯の結びを固定するための紐。帯の結び方によっては必須ではないが、飾りとして締める場合もある／**肌襦袢**　素肌にじかにつける和装用インナー。長襦袢の下に着る／**莨入の前金具**　莨入は男性が腰に提げた外出用の喫煙具入れ。刻み莨を入れる袋状の部分「叺（かます）」と煙管（キセル）を入れる煙管袋によって構成される。前金具は叺の留め金。装飾的な金工細工が多い／**根付**　印籠、巾着、莨入などの提物（さげもの）を帯に紐で提げる際、落ちないようにつけた留め具。遊び心のある作品が多い／**小柄**　日本刀に付属する小刀の柄、または小刀そのもの／**笄**　日本髪をまとめるための道具。装身具としての用途もある／**象嵌**　彫刻した溝に異素材を嵌め込む工芸技法のひとつ／**帯留**　帯締に通し、帯の正面を飾る細工物／**大島**　鹿児島県奄美大島にて生産される絹織物。紬と称されるが、現在はほぼ紬糸は使用されておらず、生糸で織られている。

【振袖】

長着　一般的に着物本体を指す／**長襦袢**　長着の下に着るインナー。袖口や裾などから見えるため、お洒落のポイントとなる／**道中着**　外出時の上着。略装、普段着に用いる。着物のように前を打ち合わせて、紐を結んで着る／**道行**　外出用の上着。着物の衿が見えるように、前が四角く開いている。「道行仕立て」にすると正装に使える／**小紋**　全体に細かい柄が入った着物。江戸小紋など／**縮緬**　絹織物の一種。緯糸に撚りの強い糸を用いて、煮沸して縮ませたもの／**紬**　紬糸で織られた絹織物。木綿を素材とするものもある。紬糸とは生糸に不向きな繭を精練して真綿の状態にしてから手で引き出し、撚りをかけて作られた糸。撚りのない糸もある。生糸とは繭から繰りとったままの精練しない、即ちタンパク質を除去しない絹糸のこと／**半衿**　長襦袢の衿の上に、もう一枚被せて縫いつける衿。つけ替えられる。長さが衿の半分程度であることから半衿と呼ぶ／**裾除**　腰から下に巻く布状の下着。「蹴出」「腰巻」とも／**袷・単衣**↓『帷子』本文へ／**衣紋**　着物の衿の背中側。「衣紋を抜く」とは衿の後ろを引き下げて開けること／**帯揚**　帯の形を整える用具「帯枕」に掛ける布。装飾的な意味があり、帯枕なしでも用いることがある／**畳紙**　主に和紙で作られた着物の保管用品／**袂**　袖口の下、垂れた部分やふくらみ。小銭などを入れても落ちない部分／**薄物・絽・紗**↓『薄物』本文へ／**訪問着**　肩から裾、袖にかけて柄の入った準礼服／**唐織**　中国渡来の織物の総称。高級品を指す場合が多い。能装束や帯地に用いられる／**綴れ**　綴織。緯糸だけで文様を表現する織物。手織りの綴錦は高い技術が必要／**綸子**　地模様の入った絹織物の一種。光沢があり、手触りが滑らか／**袋帯**↓【帯】本文へ。

【古着】

友禅　布に模様を染める方法のひとつで、技法は多岐に亘る。格の高い着物の染めは、ほぼ友禅と思っていい／**羽織**　着物の上着。防寒や塵除け、ファッションとして用いる。室内でも着用できる。衿は合わせずに、別途つけた紐を前で結ぶ。丈や季節、用途によって様々な種類がある／**身八つ口**↓『薄物』本文へ／**対丈**　おはしょり（↓『衣擦れ』）をせずに、そのまま着られる丈の着物、またはそのような仕立て方。長襦袢、男性の着物などが対丈となる／**絣**　「飛白」とも記す。予め染め分けた糸を織ることで、文様を表す技法。元々はかすったように模様を織り出した、というところからきている。

【足袋】

小鉤　足袋の着脱のため、足の内側についている山形の金具。

【衣擦れ】

身幅　着物の幅。前幅、後ろ幅とある／**おはしょり**　女性が着物を着るとき、丈を調節するために帯の下から出す折り返し部分。昔、富裕層の女性は室内では着物の裾を引き、外出時に紐を使って腰の辺りにたくし上げた。その名残／**裄**　背の中心にある背縫い（↓『文様』）の最上部から袖口までの長さ／**袖丈**　袖本体の上から下までの長さ／**振り**　袖の内側、袂の逆側にある空き。ここから襦袢や裏地が見える。男性の着物にはない／**洗い張り**　仕立てを全部解いて、反物の状態に戻して洗う方法／**悉皆屋**　「ことごとく、みな」とあるとおり、手入れ全般から、お直し、染め直し、染め替え、リフォーム、洗い張り、仕立てなど一切を請け負う店。昔ながらの悉皆屋なら、白生地から図案を考えてのお誂えも可能／**銘仙**　平織りの絹織物、派手な色柄が多く、主な生産地は関東圏。一時期は過去のものとされたが、最近復活してきている／**結城・本結城**　紬の絹織物。茨城県結城市を中心とする地域で生産される。本結城とは本場の結城紬であるとか、中でも重要無形文化財指定を受けたものを指すとか色々な意見がある。ややこしいので深くは触れない／**地機・高機**　地機は手織り機の一種。経糸を腰でつり、糸の張りを調節しながら織る。高機は織機の枠で経糸をつる／**袘**　袷着物の袖口や裾から、裏地が少し表に覗くように仕立てた部分／**裾引**　おはしょりを取らず、長着をそのまま着た姿。現在はお座敷に上がった芸者さんの姿で見ることができる。「お引きずり」とも。裾引の着物には、裾引に相応しい柄付けや仕立て方がある／**蜀江文**　八角形と小さな四角形を組み合わせて繋げた文様／**裾回し**　袷仕立ての着物の裏地。上半身の裏地とは別に、腰から下と袖口につける。「八掛」とも言う。施で覗くのはこの部分／**紅絹**　着物の裏や襦袢に用いられる緋色に染めた薄い絹布。本来は鬱金（うこん）で下染めしてから紅花で染めたが、化学染料の普及によって駆逐された。現代物ではほぼ入手不可能／**緞子**　紋織物の一種。繻子（→『東と西』黒繻子）で作った絹織物。何層にも織り重ねるので地が厚く、どっしりとした高級感がある／**丸帯**→『帯』本文へ。

【糸】

錦紗縮緬　絹織物の一種で一般の縮緬よりもしぼが細かく、滑らかで光沢がある。綸子と似ているが、綸子よりは安価／**しつけ糸**　しつけ縫いのときに用いる糸。しつけ縫いとは、正確に縫えるように予め粗く縫っておくこと。または、形が崩れないように押さえる仮縫いを指す。

【東と西】

名古屋帯→『帯』本文へ／**お染帯**　両端を黒繻子で縁取った赤い鹿子絞りの帯。柄は麻の葉文様が多い。油屋の娘お染と丁稚の久松が心中した事件を歌舞伎で上演した際、お染が締めていたことから、名がついた／**中着**　長襦袢と表の着物の間に着るもの。正装のとき、長着を重ねる三枚襲（がさね）も「表着」「中着」「下着」と表現される／**筥迫**　良家の子女が懐に入れた紙入。懐紙や鏡、櫛、お守りなどを入れた。現在では礼装の際の装飾品として婚礼や七五三のときに用いられる。豪華なものが多く、飾り紐をつけたり、ビラ簪を挿したりして胸元を彩る／**手絡**　女性の日本髪で髷につけた髪飾りのひとつ／**衽**　衿から裾まで続く半幅の布。着物の前幅を広く作るためにつけた／**ぽっくり**　主に女児用の駒下駄の一種。現代では七五三や結婚式、成人式に用いられる／**黒繻子**　繻子は光沢があり、滑らかな絹のサテン。滑りが良いため、帯や帯裏に使われ、また防汚用に着物の衿に掛けられた。時代劇の町娘が着る着物で見かける黒い衿が黒繻子／**伊達締**　着付けが緩まないように押える幅広の紐／**絵羽**　絵羽模様。着物全体をひとつの絵と見なし、縫い目にまたがってつけられた模様。

【帯】

紋織り　紋織物の略。様々に織り方を変えて文様を織り出した布のこと。唐織、緞子など多くの種類がある／**垂先**　帯結びで、背中に来るメインの形や柄のある部分に近いほうの端。もう一方の端を手先と言う。

【帷子】

胴裏　袷着物の裏地で胴体部分につける。腰から下は裾回しという別布となるが、裏地すべてに同じ布をつける総裏という贅沢な仕立て方もある／**生絹**　生糸で織った平織の布。薄くて軽く、張りがある。オーガンジーも生絹の一種／**紋紗**↓『薄物』本文へ。

【薄物】

附下　柄の配置が上下決まっている着物。小紋の反物は逆さにしても支障はないが、附下は模様の天地が逆になる。絵羽に似たものもあるが、縫い目にまたがった柄はない。

【文様】

金襴　細く切った金箔や、金箔を巻きつけた糸を織り込んで文様を出した布地。豪華絢爛／**背縫い**　背の中央で反物を縫い合わせた部分／**玉留め**　縫った糸が抜けないようにするための糸の結び方／**返し針**　返し縫いとも言う。縫い進んだ針を一針戻し、糸を重ねること。ほどけづらくなる／**掛衿・共衿**　衿汚れを防ぐため、上にもう一枚の衿を掛けること。今は主に長襦袢の半衿として用いる／**絎ける**　縫い目が表に出ないような縫い方／**きせ**　縫い目で布地を折り返すときの方法。縫い目が表から見えないように、布に余りを持たせて折り、縫い目の上にかぶせる。

カバー装画　小原古邨「雨の白鷺」
装丁・本文レイアウト　今井秀之
校正　黒木勝己　鷗来堂
編集協力　中嶋美保

初出　集英社ノンフィクション編集部公式サイト
「よみタイ」2018/10～2019/10

加門七海（かもん　ななみ）
東京都生まれ。多摩美術大学大学院修了。学芸員として美術館に勤務。1992年『人丸調伏令』で小説家デビュー。日本古来の呪術・風水・民俗学などに造詣が深く、小説やエッセイなど様々な分野で活躍している。また、豊富な心霊体験を持つ。著書にエッセイ『うわさの神仏』『うわさの人物』『猫怪々』『お祓い日和　その作法と実践』『お呪い日和　その解説と実際』『鍛える聖地』『大江戸魔方陣』『もののけ物語』『たてもの怪談』、小説に『祝山』『目嚢』『203号室』など多数。

着物憑き（きものつき）

2019年　11月30日　第1刷発行

著　者　加門七海（かもんななみ）

発行者　茨木政彦

発行所　株式会社集英社
〒101-8050　東京都千代田区一ツ橋2-5-10
電話　編集部 03-3230-6143
　　　読者係 03-3230-6080
　　　販売部 03-3230-6393（書店専用）

印刷所・製本所　凸版印刷株式会社

ISBN978-4-08-788025-0 C0095